出張料亭おりおり堂

ほこほこ芋煮と秋空のすれ違い

安田依央

中央公論新社

目次

人物紹介

山田澄香（やまだ・すみか）

恋愛スキルゼロで、喪女というよりすでにゾンビ化を自覚している。最近では「おりおり堂」の骨董と出張料亭両方を手伝い、仁を支えていたいと思っているのだが……。

橘 仁（たちばな・じん）

京都の一流料亭で修業した料理人。出張料亭を取り仕切る。ついに澄香に告白したかのように思えたが、その後全く動きはない。無口すぎるイケメン。

橘 孝（たちばな・こう）

日本屈指の財閥の跡取りだが、出奔した兄・仁に家を継いでもらうべく店の内外で暗躍している。

雨宮虎之介（あめみや・とらのすけ）

国籍不明、年齢不詳、金髪碧眼で顔だけはやたらかわいい自称記憶喪失の少年。仁に弟子入りしたと言って店に居候している。

橘 桜子（たちばな・さくらこ）

『骨董・おりおり堂』のオーナー。上品で粋な八十歳。澄香を店に導いた人物。仁と孝の祖母。

出張料亭 おりおり堂

―ほこほこ芋煮と秋空のすれ違い―

オレンジサラダとふわとろオムレツ

朝。地下鉄の駅を出て、オフィスビルの建ち並ぶ側と反対に向かう。
お稲荷《いなり》さんのお社《やしろ》の赤いのぼり。
青く澄んだ空を切り取る銭湯《せんとう》の破風《はふ》。
狭《せま》い路地裏に軒《のき》を連ねるミニチュアのような店々。
古い街並みによくなじむ石畳《いしだたみ》の道を行くと、木でできた格子戸《こうしど》が見えてくる。
『骨董《こっとう》・おりおり堂』だ。
腰高のショーケースにはぽってりした白磁《はくじ》の花器が置かれ、山ぶどうが生《い》けてあった。
くねくねと折れ曲がるつるの形がおもしろい。葉っぱは四角ばったハート形だ。
丸い実の紫《むらさき》が朝日を受けて、宝石のように輝《かがや》いている。
枝についた実の紫はそれぞれ濃淡《のうたん》があり、ひとつとして同じではなかった。
「うーん。さすがだなあ」
思わずため息が出る。
生けたのはこの店のオーナー、橘《たちばな》桜子《さくらこ》だ。
桜子は八十歳。そういうと、かなりのおばあちゃんを想像するかも知れないが、実際に会えばたいていの人がびっくりすると思う。

実年齢《じつねんれい》が嘘《うそ》のように若々しいのだ。

といっても決して無理な若作りをしているわけではなかった。

姿勢《しせい》や仕草が美しいのはもちろん、立ち居ふるまいや、ちょっとした表情さえたまらなく魅力的《みりょくてき》で、つい目を奪われる。

上品で、粋《いき》で、優しく、懐《ふところ》の深い女性。

それだけではない。桜子はとても好奇心が旺盛《おうせい》で、決して他人を否定しない。そういう心のありようが彼女を老《ふ》けさせないのかも知れないと澄香《すみか》は思っていた。

澄香にとって憧《あこが》れの女性なのだ。

昨夜、桜子は花屋から持ちこまれた山ぶどうを見て「あら、おもしろい」とつぶやいた。

「きつねの仔《こ》が喜びそうだわ」

そんなことを言いながらうつわを選び、鼻歌まじりで生け始める。

その傍《かたわ》らで、山ぶどう？　ぶどう？　え？　食べられるのかなと考えているのが澄香である。

「澄香さんも生けてごらんなさいな」

「はっ、はい」

桜子に促《うなが》されるまま、澄香も同じように生けてみた。

「あーこれは……」

自分の生けたものと桜子の「生け花」を見比べると、笑いしか出てこない。

つるで編んだカゴが合うだろうと考えたのが悪かったのか。それとも小さめのぶどうが沢山《たくさん》ついた枝を選んだせいなのか。

控《ひか》えめにいって、ごんぎつねが軒先に届けにきた山の幸みたいだった。

野趣《やしゅ》あふれるボサボサというか何というか。山に生えているそのままを投げ入れたような無粋《ぶすい》さなのだ。

「いやぁひどいですねー」

頭をかく澄香に桜子は、おほほと笑う。

「いいえ、そんなことはありませんよ。これはこれでよろしくてよ」

それどころかこちらをショーケースに飾りましょうとまで言いだし、澄香を慌《あわ》てさせた。

「ダ、ダメです。オーナー、いけません」

「あら、どうして？　澄香さんらしい力強さを感じますよ」

桜子の言葉に、澄香はうっとなり思わず心臓《しんぞう》を押さえる。

美しいしあがりのものと山の猿《さる》がまねた生け花もどきの違いが分からないはずもないのに、桜子は時々こんな風なことを言い出す。

一緒に仕事をするようになって分かったことだが、桜子は大胆《だいたん》だ。冒険家《ぼうけんか》のような気質の持ち主なのだ。

だからといって、風雅《ふうが》な『骨董・おりおり堂』の店先に猿の生け花を置くなんて事態は絶対に阻止《そし》せねばならなかった。

必死に懇願《こんがん》して、どうにか桜子の作品を飾ったのである。

しかし、粗野《そや》を力強さと言いきってしまうあたりはさすが桜子。これを言ったのが他の人間ならばもしや皮肉《ひにく》なのでは？となるところだが、そうではない。

おせじでもなかった。桜子は本心からそう言っているのだ。

それにしてもなあ、と粗野でセンスのない澄香は頭を抱える。

同じうつわを使って同じものを生けても、その差は歴然としていた。

桜子の手にかかれば、ただの枯《か》れ枝《えだ》だって絵画のようになるのだ。

対する澄香のそれはどこまでいっても枯れ枝だし、生け花も猿の物まねどまりだ。

才能なのか努力不足か経験の差なのか。その全部なのか。

何をやってもその差が見えてイヤになる。逃げ出したいのはやまやまだが、期待してくれている桜子を見るとそうもいかない。

センスがないのはどうしようもないが、少しでも足りないところを補うため、人の何倍も努力しなければならなかった。

果たしてそれでどうにかなるのか。自分でも疑問に思わないでもなかったが、そこは深く考えないで、とりあえずがんばっている。

何故《なぜ》、こんなことになっているのか──。

信じられない話だが、今や澄香がこの『骨董・おりおり堂』の責任者だからである。

並べて語るのもおこがましい気がするが、月とすっぽん。桜子と澄香はまさしくそれだ。

澄香は特別美人なわけでもないし、桜子のように溢《あふ》れ出る教養も上品さもない。

いや、すっぽんならまだいいんじゃないかと澄香は考える。ヤツは高級食材だ。コラーゲンも豊富だと聞く。

対する澄香は三十路《みそじ》過《す》ぎ。とうの昔に曲がり角を迎えたお肌《はだ》はあきらかなコラーゲン不足だし、煮込《にこ》んだところでいいお味のダシが出るはずもないのだ。

仕方がない。澄香はおのれに言い聞かせた。どこまでいっても自分は凡人《ぼんじん》なのだ。そもそも、あんな完璧《かんぺき》な女性と比べること自体に無理がある。

せめて、せめて桜子の期待を裏切らないようにと、努力と研鑽《けんさん》の日々なのだ。


「うーん。イマイチかな。じゃあ、こっちはどうだろう」

今朝、澄香はいつもより早く出勤してきた。

部屋のしつらえを晩秋《ばんしゅう》のそれに変えるためだ。

『骨董・おりおり堂』の奥には秘密の小部屋がある。

その名も「歳時記《さいじき》の部屋」。

といっても本当は秘密でも何でもないのだが、澄香にとっては特別で、宝石箱のようにきらきらと輝く大切な空間だ。

『骨董・おりおり堂』では季節感を大切にしている。

季節ごとにテーマを決めて商品を入れ替え、骨董や雑貨でそれぞれの時季を演出するのだ。

特にこの「歳時記の部屋」ではより明確に季節を感じられるディスプレイを心がけていた。

「澄香さん、歳時記の部屋をお願いできるかしら。月が替わったら晩秋の装《よそお》いにしましょうよ」

そう言われたのは一週間前だ。

桜子と二人で、あれやこれや陳列《ちんれつ》する小物や装飾を決めていたのだが、一人で全部を任されるのはこれが初めてだ。

「は、はいっ！」

澄香ははりきった。

一週間、晩秋に相応《ふさわ》しいうつわを探し、それに合わせた小物や花を考え、試行錯誤《しこうさくご》を繰《く》り返してきたのだ。

そしていよいよ今日という日を迎えた。

十一月一日。七十二候《しちじゅうにこう》でいえば、明日から「楓蔦黄《もみじつたきなり》」となる。

もみじつたきなり。

紅葉《こうよう》の季節の訪れを示す言葉だ。

立秋や霜降《そうこう》など、半月ごとの季節の変化を示す二十四節気《にじゅうしせっき》。

さらにその期間を三つに分けた七十二候。

ここへ来る前は正直なところ興味もなかった。そもそも何となく難しい気がしてとっつきにくい。

それが一転、季節を映《うつ》すその言葉は今、澄香にとって大切な指針《ししん》となっていた。

というか、それがなければ季節の表現ができないのだ。

都市部で暮らしていると、日々の忙《せわ》しなさにまぎれて、知らぬ間に季節が過ぎていってしまう。

どこへいっても空調がきいているし、時季はずれの食材だって簡単《かんたん》に手に入る。

だから、『骨董・おりおり堂』では、訪れる人たちに季節を感じてもらえるようといつも心を砕《くだ》いている。

もっとも、その季節とは実際に澄香たちを取り巻いているものより、ほんの少しばかり先のものだ。

二十四節気にせよ七十二候にせよ、都会に暮らす身にはどれも少しばかり早い印象だ。空気の中にわずかに感じとれる次の季節を切り取って、ささやかながらも目に見えるものにできればいいなと澄香は考えていた。

そんなわけで、「歳時記の部屋」のディスプレイ変更は重大な任務だった。

本当は昨夜のうちにディスプレイを変更してしまいたかったのだが、残念《ざんねん》ながらそうはいかなかった。

『出張料亭・おりおり堂』の仕事が入ったのだ。

もともと澄香は『出張料亭・おりおり堂』のスタッフだ。

わけあってそちらが休業していた間に『骨董・おりおり堂』を手伝うようになり、そのまま店の責任者にされてしまった。

そんなわけで今の澄香は二つのおりおり堂をかけもちしている状態だった。

正直、悩《なや》んでいる。

どちらかを優先するわけにも、どちらかをおろそかにすることもできないのだ。

結果、どちらにも全力投球するわけだが、そこが凡人の悲しさである。あまりうまくいっているとはいえなかった。

昨夜は店に戻ったのが遅《おそ》く、終電の時間が迫っていたので、わあわあと慌ただしく帰宅《きたく》、ディスプレイは手つかずのままだ。

しかし、果たして自分の考えたディスプレイがちゃんと「歳時記の部屋」に映《は》えるのか。はたまた桜子のお眼鏡《めがね》にかなうのか。

不安もあるが、わくわくしていたせいだろうか。

ずいぶん早くに目が覚めてしまった。

まだ一時間は寝られたはずでは？　と時計を見てショックを受けたものの、二度寝する気にもならず、そのまま出勤した。

朝早すぎる『骨董・おりおり堂』だ。

腰高のケースの前で桜子の山ぶどうの生け花を堪能《たんのう》したあと、音のしないようそっと扉をあける。

まるでコソ泥のようだが、これは澄香なりの配慮《はいりょ》である。

二階には仁《じん》と虎之介《とらのすけ》がいるはずだが、ゆうべ遅かったせいだろう。まだ起きてくる気配はない。

音を立てずにうつわや小物を並べ、少し離れて眺《なが》め、バランスを見る。

ディスプレイは二ヶ所。

一方の棚《たな》は秋色のリースだ。

つるを重ね、円形に曲げたものに濃い赤、琥珀《こはく》色の花弁のドライフラワー。まつぼっくり。さらにはりんごやオレンジなどを輪切りにし乾燥《かんそう》させたものを貼《は》り付けて作ったものだ。

晩秋というのは意外と難しい。

「実りの秋」は先月の後半だったし、よその商業施設みたいにクリスマスにしてしまうのはまだ早い気がする。

澄香の貧困《ひんこん》な発想では、何度考えても紅葉しか思いつかなかったのだ。

といっても二ヶ所とも同じ紅葉をテーマにしたのでは芸がない。

苦肉の策でこのリースを作ることにしたのだ。

作業をしたのは自宅だ。先日の定休日。午後から『出張料亭・おりおり堂』の予定が入っていたので、早朝から起きてこれを作った。

澄香が住んでいるのはあいかわらず狭い楽屋のようなマンションの一室だ。

仕方がないのでベッドの上にブルーシートを敷《し》いて自分もその上に座り、グルーガンやパーツを並べ、ちまちまと作業した。

おりおり堂の空き時間にやればいいようなものだが、それはできない。

不器用すぎて見せられないのもそうだが、できれば工程を誰《だれ》にも見られずに仕上がりに驚いて欲しい、という大それた野望を抱いてしまったからである。

結局、休みの日だけでは仕上がらず、深夜や早朝の時間を使ってどうにかこうにか間に合わせることができた。

今朝、ようやくできあがったリースを壊さないよう緩衝材《かんしょうざい》でゆるく梱包《こんぽう》したうえ、風呂敷《ふろしき》で包み、そっと抱えて持ってきたのだ。

漆喰《しっくい》の壁に秋色のリース。

間接照明の光を調節し、秋らしい色彩《しきさい》が優しく浮かび上がるようにする。

思わず「おおっ」と声が出た。

立体的なリースの造形は影《かげ》ができるのも魅力の一つだ。影の深さに晩秋らしさが感じられる気がするのだ。

脇《わき》には小さなキャンドルを浮かべたアンティークのグラスを置く。

夕方、仕事を終えた常連さんたちがお茶を飲みに来る頃にこれを灯《とも》してみるつもりだ。

いつもこのディスプレイを楽しみにしてくれるみんなの顔を思い浮かべると、なんだか嬉《うれ》しくなってきた。

「リースにして正解だったなぁ」

こうして見ると、我《われ》ながらなかなかのできばえではないか。うむうむと一人うなずく。

「さて、と」

満足したのでもう一方の棚に取りかかる。

こちらのメインは紅葉だ。

棚の形そのままに沿わせるようにして、帯を仕立て直したテーブルランナーを垂《た》らす。

テーブルランナーの帯は青みがかった光沢のあるシルバーの織り地に金糸銀糸で水の流れが表現されている。流水文《りゅうすいもん》という文様だ。

涼しげともいえそうな色合いである。

実際、かつて帯として使用されていた時には、秋や冬には寒々しくてとても使えなかっただろう。

だが、今、ここにこれを持ち出してきたのにはわけがある。

これを滝に見立てようと思ったのだ。

金糸銀糸の滝つぼの上部に張り出すように紅葉したドウダンツツジの枝を生ける。

もちろん、澄香は猿の生け花レベルなので、花屋から届けられた枝をそのまま、それらしいカゴにつっこんで棚に置いただけのものだ。

これはあとから桜子に手直ししてもらうことにする。

「うーん。これだけでもいいんだけど……」

そうも思ったが、折角だ。水面（実は帯の面だ）に、紅葉それぞれの色に見立てたガラスの小皿やトンボ玉を配置してみた。

一口に紅葉といっても、カエデやサクラ、ツツジにハゼ、イチョウの葉ではそれぞれ色合いが異なる。

そんなことこれまで気にもとめたことがなかった。

澄香も去年、桜子に一つずつ教わって、ようやくその違いが分かったのだ。

深紅《しんく》に染まるものもあれば、明るい赤、オレンジ、琥珀色、褐色《かっしょく》、金茶など、紅葉の進み具合はもちろん、同じ木でも葉のある場所によって色合いが変わる。

一枚の葉の中にさえ濃淡があるのだ。

どれだけ色の名前を並べても、表現しきれないほどの豊富さだった。

自然の造形美はすごいものだ。人工的に再現することなど、どうやったってできるはずがない。

ならば、自分らしい表現を目指せばいい。

それが桜子の教えだ。

直径五センチにも満たないオレンジ色の豆皿と、色違いのひとまわり小さな黄色のさかずきは北欧《ほくおう》製のガラスだ。

深紅や明るい朱色のトンボ玉とともに水面を染める紅葉を模してみた。

こちらの方がいいか、あちらの紅葉模様の帯留《おびど》めはどうだったろうか——。

首を傾《かし》げ傾げ、作業をしているうちにいつの間にかかなりの時間が経《た》っていたようだ。

「竜田川《たつたがわ》か。おもしろいな」

不意に隣《となり》で声がして、澄香は飛びあがった。

「ふわぁ、仁さん⁉」

いつの間に来たのか。

仁が隣で腕組みをしてディスプレイを眺めている。

橘仁。『骨董・おりおり堂』のオーナー桜子の義理の孫にあたる料理人だ。

名店といわれる京都《きょうと》の料亭で修業を積み、後継者《こうけいしゃ》と目されていたが、今はここへ戻り『出張料亭・おりおり堂』を営んでいる。

澄香の思い人だった。

「すまん。声をかけようか迷ったんだが、没頭しているようだったから」

ひぅ、とヘンな声が出る。

誰もいないと思っていたので、完全に無防備だった。

ひとり言はおろか、もしかするとあやしげな鼻歌ぐらい歌っていたかも知れない。いや、歌っていた。

ついでにいうと、各種変顔も披露《ひろう》してしまっていた気がする。

「いえっ、そんな。私こそすみません。すっかり夢中になってしまって」

無意識に色々やらかしていたであろう。はあ、お見苦しいものをお目にかけてしまい、まことに申し訳ございませんと、心中で頭を下げまくる。

顔は既《すで》に赤面済みだ。

「朝飯は済ませたのか？　朝、早かったんだろ。よければ一緒にどうだ？」

「ご、ご親切に……」

恐悦至極《きょうえつしごく》、と言いかけてやめた。

あんたの言動はとにかく不審《ふしん》だと、友人である諸岡《もろおか》みうから、再三にわたり忠告されているのだ。

そういえば朝食に食べようとコンビニでパンを買ったのだが、作業に夢中ですっかり忘れていた。

む？　澄香ははっと顔を上げる。

現実に引き戻されてみると、厨《くりや》の方から何やら香ばしい匂《にお》いが漂《ただよ》ってくるではないか。

現金なもので、空腹に気づいたが最後だった。おなかが激しく主張しはじめる。

ぐうう、ぎゅるる——って、音でかっ。ちょっと、黙ってちょうだいあなたたちと内心呼びかけてみても、澄香のおなかは黙ってくれなかった。

「あはは、仁さんおはようございます」

今更すぎる挨拶《あいさつ》をするが、そもそも静かな朝のおりおり堂だ。ごまかせると思う方がどうかしている。

頭の上で仁にくすっと笑われ、内心、うおおと断末魔《だんまつま》の叫びをあげた。

生理現象である。こちとら腹がへってんだよと内心やさぐれてみるが、思い人の前でおなかの爆音《ばくおん》、いくら三十路を越えようとも恋《こい》する乙女《おとめ》としては恥《は》ずかしいのだ。

仁の後ろから頭を抱え、ついていく。

廊下《ろうか》の角を曲がり、一段降りた土間が厨になっている。ここで仁が出張料理に出かける際の下ごしらえをしたり、桜子や澄香もまじえ、順番にまかないを作ったりするのだ。

「あっ」

思わず声がでてしまった。

厨には至福の光景が広がっている。

美しい朝の食卓だ。一枚板のテーブルの上には三人分のランチョンマットが敷かれ、それぞれ焼きたてのトースト、レタスとセロリにオレンジのサラダ、湯気の立つ紅茶のカップが並んでいる。

「スミちゃん、おはよー」

ガスレンジの前で手鍋《てなべ》をかき混ぜていた虎之介がふり返り、にこっと笑った。

雨宮《あめみや》虎之介。自称記憶喪失《きおくそうしつ》の謎《なぞ》の少年だ。

ミルクティー色の髪《かみ》に緑がかった青い瞳。黙っていれば天使のような美少年である。

まぶしすぎる笑顔に目が痛い。

「おはよう。あ、仁さん。何か手伝います」

「いい。山田《やまだ》は座ってろ」

仁が椅子《いす》を引いてくれ、座らされてしまった。

「はい、どうぞマァム」

シンプルな黒のエプロン姿の虎之介がカップによそってくれたのは、野菜スープだ。

これはベーコンと残り野菜を何でも放り込んでコンソメスープで煮込むだけのものだが、なかなかに本格的な味わいに仕上がる。

まかないの際など、ちょっと洋風の汁物《しるもの》がほしいなという時に、仁がよくこれを作ってくれた。

手軽なうえ、余った野菜の切れ端《きはし》などを活用できるお助け料理の一つなのだ。

「もしかして、これ虎が作ったの？」

「そだよ。師匠《ししょう》の教えを忠実に再現しといたぜ」

彼が言う師匠とはもちろん仁のことだ。

夏に大阪《おおさか》で仁と出会った彼は仁の弟子《でし》を名乗り、『骨董・おりおり堂』の二階で仁と共に暮らしている。

最初はたこ焼きしかできなかったはずなのに、いつの間に料理を覚えたのか。立派になったものだと感心した。

「先に食べ始めてくれ」

仁にうながされ、虎之介と二人で手を合わせる。

「いただきます」

あまりにも美しい食卓に、はわあ、とつい歓声を上げてしまう。

以前の澄香は朝食といえば卵かけごはんが定番だったのだが、最近ではきちんと作って食べるようにしている。

一人の食事といえども、おろそかにしてはいけないと考えるようになったからだ。

とはいえ、忙《いそが》しい朝のこと。せいぜいがトーストにカップスープ、野菜ジュースなどといったもので済ませることが多い。

特に今日など、作業のことで頭がいっぱいで食事のことはついあと回しになっていた。

それがどうだろう。

思いもかけず、素晴らしい朝食にありついてしまった。

しかも、キラキラしたイケメンと、黙ってさえいれば天使のごとき美少年だ。朝から拝むには心臓が痛いほどのゴージャスさだった。

ありがたいことである。やっぱり早起きは三文の得なんだなあと、ぼんやり考えながらサラダに手を伸ばした。

シャキッとしたレタスとセロリに、さっぱりしたドレッシングがかかっている。

「はっ」となる。

寝不足と朝からの作業で疲れていたのだろう。少し熱っぽい口の中に、新鮮《しんせん》な野菜のみずみずしさと添えられたオレンジの風味がいっぱいに拡《ひろ》がる。

ドレッシングは基本のフレンチドレッシングに、少しだけ柚子胡椒《ゆずこしょう》が加えてあるようだ。もちろん仁のお手製だ。

こういうちょっとした手間がおいしさの秘訣《ひけつ》なのだ——。

分かってはいるのだけど、実践《じっせん》するのはなかなか難しい。

続いてスープのカップを持ち上げる。

ふんわりとコンソメの香りが鼻腔《びこう》をくすぐった。

火傷《やけど》しないようにカップの縁にそっと口をつける。玉ねぎ、じゃがいも、かぶ、にんじん。野菜のうまみとベーコンの脂《あぶら》が舌の上にしみこんでいくようだ。

「あ、おいしい」

「どうよ俺」

ドヤ顔で胸をはる虎之介の顔がかわいかった。

しかし、実際のところ仁が作るものとは少し印象が違う。

野菜の切り方とか、塩の分量のほんのわずかな差とか。おそらくそんな小さな違いのはずなのだ。

これはこれでもちろんおいしいのだけど、仁とは別の人間が作ったものだと分かってしまった。

食事を共にしている時間が長くなると、舌が作り手の味になじんでしまうのかも知れない――。

そんなことを考えながら、濃いきつね色に焼かれたトーストをかじる。

バターやジャムも用意されているが、今日はそのままで食べたい気分だ。

カリッと音がして、小麦の香ばしい甘《あま》さが口いっぱいに拡がった。

焼き色のついた表面はサクッ。内側の白い部分はふわふわだ。

どちらも楽しい食感だ。

澄香はどちらかというとごはん派で、パンはあまり好きではなかったが、おりおり堂の近所のパン屋さんの焼きたて食パンはあまりにおいしく、噛《か》みしめているとついにんまりしてしまう。

「山田」

仁が澄香の前に皿をさしだす。

「あ、はい」

瞬間、しまったと思う。つい条件反射《はんしゃ》のように受け取ってしまった。

あうんの呼吸といえば聞こえはいいが、それはお客様に対してサーブするときのこと。

ある意味、澄香にとっては流れ作業に近い動作なのだ。そっけないそのやり方で自分のための料理を受け取ってしまうとは痛恨《つうこん》のミスである。

折角、仁さんが私のために作ってくれたのに、もったいなさすぎる――。

慌てて澄香はいずまいを正して皿を見直す。

シンプルな白の皿に鎮座《ちんざ》しているのはオムレツだった。

おおおっと思わず声がもれる。

その表面は美しいビロードのようななめらかさだ。

ふわふわすべすべの黄色の半月に銀のスプーンを入れると、とろっと中身が流れだしてきた。

虎之介も同様に感激しているようだ。

「うわっ、ふわっふわやん。なあ、ふわっふわやん」と謎の関西弁で騒《さわ》いでいる。

気持ちは分かる。分かるがキミの関西弁は何故《なにゆえ》そうもあやしいのかと内心思う澄香である。

まずは一口、何もつけずに食べてみる。

厨の高い位置にある窓から朝の光が降り注いでいる。

銀色スプーンの上で朝日をあびて、ふわっふわとろとろのオムレツがふるりと揺れるのだ。

落とさないように慎重に口に運ぶと、途端《とたん》に口の中がおいしいもので一杯になって、思わず顔がほころんでしまう。

バターと卵だけのシンプルなものなのに、どうしてこれほどおいしいのだろう。

「あー幸せだぁ」

朝早くに出てきてがんばった甲斐《かい》があったというものだ。

それなりに神経をはりつめて作業をしていた。

その疲れがきれいさっぱり流され、どこかへ消えてしまったような気がする。

おいしい朝ごはんにはこれだけの効能があるんだなと感心していると、さらに仁が食後のコーヒーを淹《い》れてくれた。

贅沢《ぜいたく》すぎる……。

ゆっくりコーヒーを飲んで、この上ない満足感に浸っていると、虎之介が顔を寄せてきた。ちょっと首を傾げつつ猫《ねこ》のような仕草ですり寄ってくるのだ。

ちなみに仁は洗いものをしている。

これも手伝うと申しでたのだが、「お前はゆっくりしてろ」と言われた。

こういうことは、さほど珍《めずら》しいことではなかった。

出張先でもない限り、仁はあまり澄香に仕事を命じない。自分でやってしまうことが多いのだ。

澄香を気遣《きづか》ってのことなのか、自分でやってしまいたいのか。今一つよく分からなかったが、最近になって虎之介には色々命じている姿をよく見かけるようになった。

ということは前者なのか？

仁さんが私を気遣っている？

いやいや、そんなバカな。

おのれに言い聞かせる。

世の中というのはそんなに自分に都合のいいようにはできていないのである。

自分はそれをいやというほど知っている――。

過剰な期待をすると、あとで肩透かしを食らった時に受ける衝撃が大きい。

いつだってそうなのだ。

自分の人生は、いつも期待しては落とされる。その繰り返しなのだ。

絶対に欲しいものは手に入らない。

さて虎之介だ。何を言うのかと思ったら、意外なことを口にした。

「仁がさ、心配してんだよな。スミちゃん、休みないじゃん。昨日だって遅かったのに今朝も早くから作業してるしさ、こんなんじゃ身体《からだ》壊すんじゃないかって言ってた」

ん？　と思った。

仁が心配している――。

一瞬、澄香は舞い上がった。

嬉しい。すごく嬉しい。だが同時に、何故それを仁本人ではなく虎之介から聞かされているのだろうかという疑問が浮かぶ。

何だかアレを思い出した。中学や高校の時、こんなことを言ってくる女子っていなかったっけ？　ねーなんとか君、絶対にあんたに気があるよぉヒューヒュー。行っちゃいなよ、というヤツだ。ああやってけしかけて何がしたいのかあの手の女子は。おせっかいなのか、それともただおもしろがっているだけなのか——。

虎之介の真意は分からないが、仁の口数が少ないのは今に始まったことではない。かつて澄香が仁に対して抱いた第一印象は寡黙《かもく》なイケメンというものだった。何なら今でもそう思っている。寡黙であることが彼の魅力の一つのような気がするのだ。めちゃくちゃ饒舌《じょうぜつ》な仁さんというものを想像してみたことがあるのだが、正直、これはないなと思った。

ぶっきらぼうに一言「無理するな」などと言われたことはあるが、「お前のことが心配だ」なんて分かりやすい言葉は最初から期待していない。

それでも仁のことをよく見ていれば、態度や視線《しせん》で気づかってくれていることが分かるのだ。それでいいと思っていた。

しかし、虎之介にそんなことを言ったというなら話は別だ。

虎之介に言う口があるのならば、なんでそれを私に言ってくれないのだろうか？　と思ったのだ。

そのあとで、大それたことを考えてしまったと反省した。

もし澄香がリア充《じゅう》だったとしよう。カースト上位でもいい。

アメリカのハイスクールでいえばプロムの女王とかに選ばれるアレだ。

ちなみにプロムとはハイスクールの卒業パーティーのことである。かの国では卒業にあたりフォーマルなダンスパーティーが催《もよお》され、女子はドレス（本気のヤツ）、男子はタキシードで正装し踊《おど》るのだそうだ。

しかし、恐ろしいのはここからだ。このパーティーには誰もが参加できるわけではない。ダンスを踊る相手がいない人間は参加が許されないのだ。女子は男子に申し込まれるのを待たねばならないという。

何というリア充の論理――。

この話を留学経験のある姉の布智《ふち》から聞かされた時、澄香はおそろしく立腹した。

末端のゾンビは会場の外でうらやましげに中を覗《のぞ》いていろと言わんばかりの強者の傲慢《ごうまん》さである。

で、そのプロム。あろうことか参加リア充どもの中からクイーンとキングが選ばれる。

選考基準はその夜もっとも輝いていた男女である。

どうせそいつらはカーストトップでチアリーダーでボーイフレンドはアメフトのスター選手。みんながハーイ！　とか笑顔で挨拶してくる人気者だ。そんな地位に君臨《くんりん》してきた女であるならば臆面《おくめん》もなくこう言うだろう。

「ねえ、仁。なんでちゃんと言葉にしてくれないの？　言ってくれなきゃ分かんないよ」

何が分かんないよだよ、と自分の勝手な想像に澄香は憤《いきどお》った。

ちやほやされるのが当たり前の彼女たちとは違い、こちとら虐《しいた》げられることに慣れきったゾンビだ。そんなこと言えるかと思ったのである。

このゾンビ度、実はここに来てさらに増していた。

ゾンビの小さな心臓をちくちくと刺《さ》すものがある。吸血鬼《きゅうけつき》がいやがるのはニンニク、鬼を追い払うにはヒイラギがいいと聞いたことがあるが、とりあえず今、澄香が近寄ることができないものが一つあった。

見て見ぬふりをしてやりすごしているのだが、いつもそこにあるので、どうしても目に入ってきてしまうのだ。

気にしないようにしようと思えば思うほど、余計に気になる存在。それはマグカップである。

褐色のぼってりとした大ぶりのマグカップは仁の祖父《そふ》の遺品だった。

実は澄香は、この大切なマグカップを不注意で落として割ってしまった。

だが、幸いなことに金継《きんつ》ぎ師の吾妻美冬《あずまみふゆ》の手によって再生することができたのだ。

使用されたのは銀だ。

褐色の陶器《とうき》に走る複雑な銀の模様は稲妻《いなずま》のようにも、流れ落ちる滝のようにも見える。

それはそれは美しい修繕《しゅうぜん》がなされたのだ。

銀は酸化によって色が変わる。時間と共にその風合いを変える。

罪悪感にかられる澄香に対し、桜子はその変化が楽しみなのだと笑ってくれた。

それを受ける形で、その時仁が言ったのだ。

「山田。もしよかったらその変化を俺と一緒にここで見届けてもらえないだろうか」と。

澄香はこの仁の言葉をプロポーズだと取った。

頭が真っ白になって嬉しくて、叫び出したいような気分になったのだ。

しかし、それきりだった。それ以降、何も話は進まない。

それでも澄香は待っていた。

自分から何か言い出すのはゾンビには無理だったので、ただひたすら待っているのだ。

結果、マグカップを見ると、その時のことを思い出し心騒がしくなるので、まともに見られなくなってしまったのである。

そして今、小心者のゾンビの胸にお節介女子のような虎之介の言葉がちくちくと刺さっていた。

澄香はもはやどんな反応をすればいいのか分からなかった。

「え、そんなことないよー。私、身体が丈夫なだけがとりえだもん。おいしい朝食もいただいたし、元気元気」

強がってみる。

仁が言った言わないについては言及を避《さ》けた。核心に近づかないよう周到に気を配る話術。これこそゾンビの習性から導き出された特殊な技能なのだ。

虎之介ははーっ？　と上半身をのけぞらせた。

「ア？　どこのブラック企業の話？　社畜《しゃちく》かアンタ。おりおり堂で過労死とかさぁ、シャレになんねえからやめてほしいんですけど」

デリケートな話題を回避したことで澄香は余裕を取り戻した。

「は？　過労死？　いやあ、私まったく全然、そんなに働いてませんけど？」

「うわ。その言い方むかつく」

虎之介は額《ひたい》に手をあて、天を仰《あお》いでいる。

澄香としては別に強がりを言っているわけではなく、本心だ。

そりゃ以前、派遣で働いていたようなオフィスワークや肉体労働ならば疲れもたまるかも知れない。

だが、『骨董・おりおり堂』にしても出張料亭にしても、どちらも楽しく、あっという間に時間が経ってしまうのだ。

正直、寝る時間はおろか、家に帰る時間さえ惜しかった。

最近の澄香は一日が二十四時間では足りないどころか、自分がもう一人いればいいとさえ考えていた。

「あのさ、前に桜子マダムが言ってたじゃん。人間、いい仕事をしようと思ったら、たとえ回り道みたいに思えても、まずはプライベートを充実させることよ、って」

桜子の口調をまねて虎之介が言う。

それは分かっている。

澄香だって以前よりずっと、家での時間を大切にするよう心がけていた。

だが、それ以上に『骨董・おりおり堂』で過ごす時間が大切なのだ。

さらには『出張料亭・おりおり堂』の助手としての仕事がある。

この二つはどちらがより大切だとか、比べることもできない。同じくらい大事なものなのだ。

今は基本的に『骨董・おりおり堂』の定休日を中心に出張を入れるように仁が気をつけてくれているが、どうしても無理があった。大体、それでは澄香の休みが一日もなくなってしまう。

桜子の方でもシフトを組んで、澄香が休めるように心を砕いてくれている。

しかし澄香としては、桜子から学ぶことが山積みで、休んでなどいられないというのが正直なところだった。

第一、今のところ桜子の健康状態に不安はないものの、実年齢を考えればあまり無理をさせるわけにはいかない。

そのようなことを言うと、虎之介はわざとらしくため息をついた。

洗い物をしている仁の背中に向かって、聞こえよがしに言う。

「つーかさ、仁も仁だと思わねえ？　これぐらい自分で言えっつんだよな」

澄香の内なるゾンビがおわああと叫ぶ。

虎之介が何をそんなに怒っているのか澄香にはよく分からなかったが、自分ごときが原因で、仁が責められるなどという事態はあってはならないのだ。

「で、でもさ、そんなこと言う仁さんって仁さんじゃないような……」

慌ててフォローに回る。

「は？　何だよそれ」

驚いたような顔をする虎之介に困惑《こんわく》するが、ここはもう鈍感《どんかん》を貫くしかなかった。

「いやぁほら、何て言うんだろう。仁さんって、そういうこと言わない人だよね。寡黙っていうかさ」

さすがにこれを本人に聞かせるのは恥ずかしく、こそこそとささやく。

「いやいや待って待って？」

虎之介は何ともいえない渋い顔をした。

「それって何？　男は黙って背中で語るってか？　うはあ、ないわー。ないで、そらないわスミちゃん。物わかりよすぎじゃん。アカンでそれ。そんなん百害あって一利なしだし。あの手の男はそういうの調子に乗るから。甘やかしたらアカンねん」

こちらは声のトーンを落とす気はまるでないようで、聞こえているであろう仁は背中で苦笑しているようだ。

「甘やかすなんてめっそうもない。仁さんは仁さんだからいいんだってば」

あ、私、あっちの片付けをしてきまーすと立ち上がりかける澄香を、虎之介が押しとどめる。

「なあなあ。君のことが心配だ。休みなよって、そんなんさあ、言葉で言わな伝わらへんことないか？　何のために共通言語があんのさ？　それともあんたたちテレパシーで分かりあえますのん？」

下手《へた》な関西弁でまくし立てられても、うーんとうなるほかない。

「いや、ほら。だからさ私のことなんか別に心配してもらわなくても大丈夫《だいじょうぶ》だし」

だあっ、もう、と虎之介はおおげさにこぶしで空《くう》を叩《たた》くまねをした。

「あかん。やっぱり伝わってないやん、仁。だから言ってんじゃん。あのな、じぶん。肝《かん》心《じん》のことはいちいちクチに出して言えっての」

虎之介が無言のまま仁を見やるが、仁は何も言わない。

沈黙《ちんもく》に耐《た》えきれなくなったのは澄香の方だった。

「いやあ、でも以心伝心っていうじゃん。ほら、私、仕事のことなら仁さんの考えてることって何となく分かるし」

「仕事のこと、ね……」

虎之介が肩をすくめる。

「肝心なことは、何ひとつ分かってないと思いますけどね」

そうだろうか?

首を傾げている澄香に、虎之介は急に真顔になった。

「いや、ホントに冗談《じょうだん》抜きで。あんたらこのままじゃ取り返しのつかない事態になるんじゃないのかい」

取り返しのつかない事態?

仁が水道の水を止め、こちらをふり返る。

思わず無言で顔を見合わせてしまった。

◆

橘孝《こう》。仁の弟である。

その彼が突然、仁に弟子入りしたいと押しかけて来たのは八月の終わりのことだった。

それから一ヶ月間、彼はほぼ毎日ここへ通ってきていた。

正直、澄香は驚いたのだ。

それまで仁の口から弟の存在を聞いたことは一度もなかった。というか、仁が生まれ育ったのがどんな家なのか、聞かされたことがない。

仁が実家とあまり折り合いが良くないらしいこと。そして桜子と橘家の間に何やら複雑な事情があることは何となく分かっていた。

だからといって、仁が話したがらないことを詮索《せんさく》する気にはなれなかったのだ。

そんなわけで、よもや橘という家がそれほどの名家だとは思わなかった。

孝の話によれば、橘家は日本屈指の財閥《ざいばつ》を統《す》べる家柄で、仁はその次期総師《そうすい》の座に就くべき人物だという。

な、なに？　と思った。

正直なところ、ぴんと来ない。

財閥？　総師？　小説やマンガの世界ならばともかく、そんなものが現代の日本に実在するとは思ってもみなかった。

ちなみに澄香は妄想《もうそう》の達人である。

目の前にそんなハーレクイン的な人物が現れたのだ。妄想をたくましくするなという方が無理である。

澄香はたのしく妄想した。

もし、孝ではなく兄である仁の方が総帥になったとしたらと考えてみたのだ。

突然、澄香の前から姿を消した仁。待ち続ける私。

ある日、澄香の住むマンションの屋上にプライベートジェットが着陸する（実際にはそんなスペースはないし、何なら重みに耐えかねて倒壊するかも知れない）。

なんだなんだと屋上に集まる人々。

プライベートジェットから降り立ったのは、ビジネススーツに身を包み、百本のバラの花束を抱えた仁さんだった……。

「待たせたな、山田。すまない。さあ、君を迎えるための準備は万端だ。俺と一緒にニューヨークへ行こう。いや、何もいらない。向こうですべて調《ととの》えてある。家も車も宝石も、そしてウエディングドレスも。君のお望みのままに」

うやうやしくひざまずき、澄香の手を取り口づけるイケメン――。

パンッと響《ひび》く乾《かわ》いた音。

「ふざけないで」

澄香が仁の頬《ほお》を平手《ひらて》打ちしたのだ。

「私がどれだけ待ったと思ってるの。肝心なこと何も言わないで。あなたは勝手すぎる」

「すまない。許してくれ。もう二度と君を離さないことを誓《ちか》おう」

縋《すが》りつき、赦《ゆる》しを乞《こ》うイケメン。

——などと考えてみたのだが、さすがにこれはないなと秒で真顔に戻ってしまった。

澄香が好きなのは目の前の料理人、橘仁だ。生家がどれだけ大富豪《だいふごう》であろうと、どうでもよかった。

橘家の話を聞いて、ハア？　と目を剝《む》いたのは友人の諸岡みうだ。

諸岡は恋愛ハンターの名を欲しいままに、世界を股《また》にかけ、いい男を狩《か》ってきた歴戦の勇者である。

ゾンビレベルの恋愛スキルの持ち主である澄香とは、まさに真逆の存在だが、あまりに価値観が違いすぎて一周回って馬が合う。ある意味、異端のリア充だった。

「巨万の富か……。悪くはない気もするがねえ」

諸岡はかつて、大物を釣り上げることもハンターの醍醐味《だいごみ》の一つであると言い募《つの》り、アラブの大金持ちを狙《ねら》っていたことがある。

孝の話をすれば喜ぶかなと思わないでもなかったが、よそ様の家庭の事情を他人にぺらぺら喋《しゃべ》るのもどうかと思い、胸のうちにとどめていたのだ。

では何故、諸岡が知るに至ったのか。

それは、孝本人が喋ったせいだ。

なんでこんなことになっているのか——。

九月の半ば。押しかけ弟子の孝がやってきて半月近くが経った頃の話である。

『骨董・おりおり堂』は定休日で、珍しく『出張料亭・おりおり堂』の方にも予約が入っていなかった。

澄香にとって久々の休みだ。

澄香は諸岡に誘《さそ》われるまま、博物館に展示された刀剣《とうけん》を観《み》に行った。世界を股にかける恋愛ハンター諸岡の最近の興味は刀剣なのだ。

博物館なので、当然、展示は日本刀に限らず、様々な美術品が並んでいる。

骨董を学ぶ自分自身の勉強にもなるだろうと喜び勇んで出かけたのだ。

博物館を堪能したあと、近くのレストランで早めの夕食を済ませ、ホテルのバーに立ち寄ろうとしたところに、現れたのが孝だった。

ちなみにこの行程は諸岡の提案である。当然のことながら澄香にはホテルのバーを気軽に使うような習慣はなかった。

「失礼。私もご一緒してよろしいですか?」

「え? 孝さん? な、何? どうしたんですか?」

啞然《あぜん》とする澄香に孝はすました顔だ。

「この界隈《かいわい》に用がありましてね。偶然、澄香さんの姿が見えたものですから」

にこやかに言う孝は、相変わらず一分《いちぶ》の隙《すき》もない高級スーツに身を包んでいる。

元より恋愛ハンターの諸岡に異存などあるはずもなく、案内されたテーブル席で、二人は名刺《めいし》交換を始めた。

さっと名刺の文字を見て取った諸岡の顔色が変わる。

「えっ。橘孝さんって。あの、失礼ですけど、もしかして、橘グループ総帥の橘さんのご関係ですか？」

「はは。まあ、そんなところです」

さすがバリキャリ、諸岡は彼のことを知っていたようだ。

反射神経の鋭《するど》い諸岡のことだ。一気呵成《いっきかせい》に狩人《かりゅうど》オーラを全開にしてコトに当たるのかと思ったが、そんなことはなかった。

むしろ諸岡は何かを警戒《けいかい》しているように見える。

おや、これは少々意外だなと澄香は思った。

もしかすると、孝が澄香に気のある素振りをわざとらしく見せまくっていたせいかも知れない。

そもそも『骨董・おりおり堂』に初めて現れた時から彼の態度はおかしいのだ。

現れるやいなや、孝は澄香を食事に誘おうとした。

プロムの女王やカースト上位の女性からすれば、あら、私の美貌《びぼう》に対する当然の反応ね、となるのかも知れないが、澄香からすれば、なんだどうした、この男はいったい何を企《たくら》んでいるのかといぶかしむばかりである。

この夜も孝は澄香に対する好意を全開にしながら、自分がいかに将来有望であるかをアピールすることに余念がなかった。

だが、いくらアピールされても澄香としては困惑するばかりだ。

澄香の中で、孝は意地悪な小姑《こじゅうと》みたいな位置づけである。

何かにつけて皮肉な物言いをするし、澄香や虎之介に対する態度だってとても友好的なものとはいえない。

にもかかわらず、彼は時々、思い出したように澄香にコナをかけてくるのだ。

たとえばこうだ。ある日、孝がすれ違いざまにささやいた。

「仁なんかやめて、俺にしとけよ」

他に誰かいるのかと、周囲をぐるぐると見回してしまった。

誰もいない。

え、では私に言っているのか？

思わず振り返ると、孝が腕組みをしてこちらを見ていた。

さすがは仁の弟。孝もまた相当なイケメンだった。

長身に仕立ての良いスーツ。銀縁の眼鏡が怜悧《れいり》な美貌を際立《きわだ》たせている。

これはおのれの妄想かと疑ったほど、できすぎたシチュエーションだった。

だが、現実は現実だ。心ゆらぐはずもない。

なんだ、この人はいったいどうしたのかと、ひたすら困惑するばかりだったのだ。

そもそも孝の態度は本心からのものだとは思えなかった。

何となく、スイッチを入れた時だけ喋るぬいぐるみのようでもある。

何かの拍子《ひょうし》にスイッチが入ると、あ、思い出したと言わんばかりに澄香を口説《くど》き始めるその様は、いわゆるツンデレの発露などでは絶対になかった。

「それでは私はまだ仕事がありますので失礼します。今夜は楽しかった」

会計をスマートに全部済ませていた彼は、帰り際にこう言い残すことを忘れなかった。

「ああ、そうだ。澄香さん。明日からもまたよろしくお願いします」

「はあ……」

来るんだ、と思った。

弟子入りとはいうものの、この時点で孝は仁から料理を教わっていたわけではない。

虎之介いわく、孝はスーパーに通いつめ、買い物客のカゴに入っている商品を見て、その人たちの人生や生活を妄想するという修業にいそしんでいるそうだ。

虎之介が言うには「あいつは世間知らずだからさ、料理を学ぶ前に見聞を広める必要があんだよ」ということらしい。

孝が橘グループの全容を語る度に、澄香の中ではそんなすごい人がどうしてスーパーに通って他人の買い物カゴを覗いたり、喋るぬいぐるみのようなことをしているのかという疑問が膨《ふく》らむばかりなのだ。

「山田。もう一軒行こう。何でだろう。全然、飲んだ気がしない」

孝と話が弾《はず》んでいたように見えたが、諸岡の表情は冴《さ》えなかった。

それどころか、彼女には珍しく言いよどむようなそぶりを見せている。

頭脳明晰《めいせき》、何事にも即断即決の諸岡にはきわめて珍しいことだ。

「うーん。山田さあ、これってちょっとまずくないか？　そりゃ仁さんはいい男かも知れないけど、バックグラウンドがどうにもきな臭《くさ》い」

きな臭いとはまたずいぶんな、と思ったが、世界規模の仕事をしてきた諸岡には、澄香には見えないものが見えているのかも知れない。

「いやあ、でも仕事を継ぐのは孝さんなんだし、仁さんには関係ないんじゃないの」

諸岡は立ち飲み屋の粗末なテーブルの上に肘《ひじ》を突いた。騒がしい店内に対抗《たいこう》するように声を張りあげる。

「確かにそうなんだけどさ。でも、あの、あんたに対する思わせぶりな態度。あれ絶対に弟、なんか企んでるじゃん」

「うーん」

　確かに彼の謎の行動の原因が澄香に一目惚《ひとめぼ》れしたからなどでないことは明らかだった。

「いくら仁さんが自分は家とは関係ないって言ったところで、それじゃ済まないこともあるんじゃないの？　何しろ日本屈指の華麗《かれい》なる一族だよ。そりゃ庶民《しょみん》には想像もつかないような骨肉《こつにく》の争いがあってもおかしくないだろうよ」

「骨肉の争いねえ」

　あの仁さんが――？

　どう考えてもピンと来なかった。

「いや、だって普通に考えたって相続権あるでしょ、仁さん」

　なるほど、そういうものなのだろうか。澄香程度の想像力では今一つよく分からない。

　第一、仁の態度を見ていると、とてもそんなごたごたを抱えているようには思えなかった。

「でも、仁さんそっちの仕事ってまったくノータッチなわけだし、相続だって放棄《ほうき》するんじゃないのかな」

「なら、いいけどさあ。いや、良くはないな。巨万の富も魅力的ではあるんだけど……うーん。何というかねえ」

諸岡は何か言いかけたものの適当な言葉が見つからないのか、澄香の顔を心配そうに見つめていた。

「完全に勘当されたとかさ、一切実家とは関係ないと言えればいいけど。けどさあ、それなら、あの弟の思わせぶりな態度をどう説明する？」

確かにそれは澄香も気になるが、だからといって今できることは何もない。

「まあ、私がやきもきしたってしょうがないじゃん。取りあえず事態を静観することにするよ」

澄香が言うと、諸岡は渋い表情になった。

「そうか……。まあ、それしかないか。あんたたちのコミュニケーションが絶望的なのは今に始まったことじゃないもんね。歩み寄りの遅いことときたら筋金入りの深海生物だしな」

諸岡の懸念とはどういったものなのか。

澄香がそれを知ることになったのは、孝の見習《みなら》い期間が間もなく終了するある夜のことだった。

出張に出かけた仁と澄香、さらには見習いの孝と虎之介。

夜の十一時を過ぎた頃、『骨董・おりおり堂』に戻って来た。

桜子は既に帰宅している。

仁と虎之介が駐車場《ちゅうしゃじょう》に車をおきに行ったわずかな時間、おりおり堂の店内に二人きりだった。

孝が仁に弟子入りする形でおりおり堂に来るようになって間もなく一月《ひとつき》になる。諸岡との邂逅《かいこう》からほどなくして彼は戦略を変えたのか、澄香に対し思わせぶりな態度を見せるのをやめてしまっていた。そのため澄香は少々油断していたのだ。

だが、この夜、孝はつかつかと澄香に歩み寄り、壁際に澄香を追いつめてきた。

うおっ、何だこの状況――。

さすがの澄香も慌てた。見ようによってはこれはいわゆる壁ドンというものではないか。

孝にそんなつもりはなかったのかも知れないが、その気迫に思わず逃れようとした澄香が壁に行き当たったのである。

「私は間もなく橘の仕事に戻らなければならない。その前に、これだけは言っておきます」

孝の声は冷たく威圧的で、少しの容赦《ようしゃ》もない。

しかし、何を言われるのかと身構えた澄香に告げられた言葉は意外なものだった。

「あなたに仁は渡さない。申し訳ないですが、身を引いていただきますよ山田澄香さん」

「はい？」

澄香は、孝の言葉が理解できず、相手の顔を見直すばかりだった。

「みなまで言わなければ分かりませんか？　残念だな。あなたはもう少し分別のある大人かと思っていましたが、そうでもないようだ」

いやいや、何をディスられているのか澄香にはさっぱり理解できなかった。

孝はキザな仕草で、銀縁の眼鏡をくいと上げ、続ける。

「いいですか？　一度しか言わないのでよく聞いて下さい。仁は橘家の総帥になるべき男だ。こんなところでくすぶってる場合じゃないんです」

「え？　でも総帥になるのは孝さんでは……」

孝の表情が一気に険しくなった。

ちっと舌打ちして横を向くと、彼は早口で言った。

「あなたにだって分かるはずだ。仁ほどの男ですよ？　こんなところでくすぶらせておくべきじゃない。国家レベル、いや、世界レベルにとっての損失《そんしつ》なんだ。俺は仁がその気になりさえすれば、いつだって仁に総帥の座を譲《ゆず》るつもりです」

孝はぎりぎりと音がしそうな強い力でこぶしを握っていた。

「俺がこれまで築き上げたもの、全部仁に差し出したって惜しくないんだ。それが何だよ。何が出張料亭だ。仁ほどの男がいつまでおままごとみたいなことをやってんだよ」

気圧《けお》されるまま、言われっぱなしになっていた澄香だったが、孝の勝手な言い分にさすがに腹が立ってきた。

「おままごとって、ちょっと。そんな言い方、仁さんに対する侮辱《ぶじょく》じゃないですか」

「それが侮辱だというなら、何度だって謝ってやる。そんな些細《ささい》なことはどうだっていいんだよ。俺は仁を橘に戻すためなら何だってする。泥水だってすするし、必要ならばあなたを誘惑《ゆうわく》することだって辞《じ》さない」

「ええっ。いりませんよそんなの」

　思わず後ずさる澄香に、孝は激しく顔をしかめた。

「ちょっと、その顔やめてもらえます？　こっちだっていりませんよ。あなたのようにわけの分からない女なんか願い下げだ。だけど、目的遂行のためなら耐えると言っている」

　別に耐えてもらう必要なんかないわ。わけの分からない女で悪かったなと思ったが、眼鏡の奥の孝のまなざしが再び冷たいものに変わるのを見て、澄香は思わず身構える。

「とにかく仁は返してもらうからな」

「いや……だから。返してもらうって、あのねえ、仁さんはモノじゃないです。大体、そんな話、私に言わずに仁さんにすればいいでしょう」

　澄香の反論に、孝がぐっと詰《つ》まる。

　この兄弟《きょうだい》が反目しあっていることは傍《はた》から見ても明らかだった。

　そして、この一ヶ月間、仁に弟子入りし、孝があの手この手で仁を懐柔《かいじゅう》しようとしてあまりうまくいっていないことも何となく分かっていた。

「仁さんが帰るっておっしゃるなら私は止めません。あなたが説得すればいいじゃないですか」

売り言葉に買い言葉のような澄香の言葉に孝が反応した。

「その言葉、ゆめゆめ忘れないでくださいね」

「忘れません」

孝がくっと唇《くちびる》を歪《ゆが》めるようにして笑った。

「絶対に仁を引き止めるなよ」

「それが仁さんの選択なら止めません」

孝は澄香の前から退くと、ふっと息を吐《は》いた。

穏やかな表情で、小さくつぶやく。

「俺はね、澄香さん。正直、兄の傍らにいるのがあなたでも悪くないんじゃないかと思わないでもないんです」

彼は痛ましいものでも見るような目で澄香を見ていた。

どうして孝がそんな に傷ついたような表情をするのか。澄香には分からず、首を傾げざるを得ない。

「だけど、それだけは絶対にダメだ。あなたがみすみす不幸になるのを見過ごすことはできない。いや、別に俺はあなたのことなんかどうでもいい。だけど、それは仁にとってもっとも耐え難いことのはずだからだ」

正直すぎる物言いに思わず苦笑しそうになってしまった。

「えーと……。不幸なんですか、私？」

何故、仁の傍らにいると不幸になるのか――。

「あなたは……。いや兄もそうだ。橘の家がどんなものなのか分かっていないんだ。たとえ今、仁が橘と縁を切ったつもりでいても、必ずついて回る。俺はね、山田澄香さん。あなたをそんなものに巻き込みたくない」

そこまで言って、孝は言いづらそうに顔を歪める。

「あなたは仁とは絶対に結婚できない。仁が何をどうしようと不可能なんです」

不可能？　そんなことがあるのだろうか。

彼の言葉の一つ一つは澄香の胸を軽く突いた程度だった。

ひどいことを言われているのに、澄香は自分でも驚くほど動じていない。

にもかかわらず、その軽い衝撃がどんどん増幅し、胸にわだかまっていくのだ。

そして、孝は決定的な言葉を口にした。

「澄香さん。あなただって分かってるはずだ。仁のあの性格だ。もしあなたと結婚する気があるならとうの昔に行動を起こしているはずじゃないですか？」

確かにそうだ。

仁が関西から帰ってきて、澄香が言われたのはあのマグカップを見た時の「山田。もしよかったらその変化を俺と一緒にここで見届けてもらえないだろうか」という一言だけだった。

孝の言う通りかも知れない。

もしこれが本当にプロポーズだというのならば、仁の性格だ、もっと具体的に話が進んでいてもおかしくない。

いくら待っていても仁は何も言わない。

仁の言葉はあいまいすぎるのだ。

そんな言葉一つを勝手に深読みして、一喜一憂《いっきいちゆう》している自分は何と愚《おろ》かなのだろうと澄香は思った。

◆

夕方過ぎから三々五々、仕事帰りの常連さんたちがやってくる。

「あ。臼井《うすい》さん、こんばんは」

コーヒー豆が切れそうなので、店の奥の住居部分に在庫を取りに行って戻って来ると、常連の臼井菜都実《なつみ》が来ていた。

紅葉のディスプレイを見ながら桜子と談笑している。

「これ、澄香さんが作られたんですってね。本当に素敵《すてき》。秋らしいです」

「ね、本当に発想がおもしろいですわね。モダンで素晴らしいこと」

「いやあ、そんな」

桜子にまで言われ、澄香は面《おも》はゆい思いを持て余し頭をかいた。

「臼井さん、いつものコーヒーでいいですか？」

澄香が訊《き》くと、菜都実はいたずらっぽく首をふった。

「いえ、今日はお抹茶《まっちゃ》セットにしてみます。桜子さんのお勧《すす》めで」

「あ、そうなんですね。どうぞゆっくりしていって下さいね」

お抹茶は桜子の領分だ。

もちろん澄香も桜子の特訓によって一応、お茶を点《た》てられるようにはなっている。

しかし、これもどこに違いがあるのか。いわゆる年季というものなのか。お花と同じで、できあがりに差があった。

お金をいただくものなので、桜子の手が空いている時は、なるべく彼女に点ててもらうことにしている。

カウンターの中に並べてあった茶器から、白地のものを選び、桜子が美しい所作で茶を点てている。

その間に澄香はお菓子の準備だ。しゃれた小皿に懐紙を敷いて、御菓子司《おかしつかさ》・玻璃屋《はりや》から届けられた和菓子を載せる。

今日の和菓子は季節の上生菓子が二種類。

菜都実が選んだのは羊羹《ようかん》の上に透明《とうめい》な寒天《かんてん》の層が重なっているものだ。

その透明の部分を水に見立てて、朱色や黄色のもみじやイチョウのミニチュア細工が閉じ込めてある。

たまたまなのだが、澄香のディスプレイと同じテーマだ。

それを喜んだ桜子が勧めたものらしい。

菜都実の顔がほころぶ。

菜都実は去年まで丸の内で勤めていたのだが、今年の初めに退職し、現在はタクシーの運転手をしているという。

ＯＬの時にはいつも疲れたような顔をしてどこか影の薄い印象のひとだった。

けれど今、髪を結いあげた彼女の目元はいきいきと輝いている。

転職後の彼女は以前にも増して『骨董・おりおり堂』に足を運び、ちょっとしゃれた普段使いのうつわなどもよく買ってくれていた。

「仕事をかわって、心に余裕が出たっていうんでしょうか」

前に菜都実がうつわを見ながら話していたことがある。

「私、一人暮らしだし、狭いアパートだからそんなに凝《こ》ったこともできないんですけど、おりおり堂に来るようになって、季節感とか大切にしなきゃって思うようになってきたんですよね」

これを聞いて、澄香は猛反省した。仮にも『骨董・おりおり堂』の責任者として働かせてもらっているのに、自分のプライベートときたらひどいものだった。

基本的に寝に帰るだけの部屋なのだ。

そもそも、澄香の住む部屋はベッドと小さなテーブルを置いたらそれで一杯になるような蚕棚《かいこだな》のような場所なのだ。

菜都実と同じく、自分の生活を彩《いろど》るためのうつわや雑貨も買ってはみたが、部屋が狭すぎてどうにも映えない。

「やっぱ、そろそろ考えないとダメかな……」

先日、近くの神社の境内《けいだい》で行われた骨董市に出かけた際に、古いガラス製のランプを見つけた。

天井《てんじょう》から吊《つ》り下げるための金具がついている。

中にキャンドルを入れて使うものだ。

深い飴《あめ》色のぼってりしたガラスにひとめぼれして衝動買いした。

家に帰り、さっそく明かりを灯して感激した。

どこかいびつなガラスを透過して柔《やわ》らかい飴色の光が不思議な形に降り注いでいる。

秋の夜長や、クリスマスの夜にぴったりだと思った。

しかし、残念ながら部屋が狭い。

気分は雪山登山のテント内である。

せめてもう少しこのランプにふさわしい場所に飾りたい――。

澄香はため息と共にそう思ったのだ。


『骨董・おりおり堂』の閉店後、まかないをいただく。

今夜のまかない当番は仁だった。

本来は桜子の番だが、今日は出張の仕事がなく時間があるので、と仁が買って出たのだ。

メニューはさつまいもごはんに、こんにゃくの味噌田楽《みそでんがく》、春菊《しゅんぎく》のナムル、生たらこ、きのこたっぷりの味噌汁、そして若鶏《わかどり》の竜田揚《たつたあ》げだった。

「あら。竜田揚げね。今日は本当に紅葉尽《づ》くしですこと」

桜子が微笑《びしょう》する。

「山田のディスプレイを見ていたら食べたくなったので」

仁が照れたように笑う。

破壊力《はかいりょく》がすごい。

いや、本当に。この人はこういう何気ない表情がおそろしく魅力的なんだよな、と澄香は田楽を手に固まっている。

名前を呼ばれたこともあいまって、不意打ちすぎた。

冗談ではなく、心臓がひゅっとなったのだ。

いつまでも固まってはいられないので、気を取り直して太い竹串《たけぐし》を持ち直し、田楽を噛みしめる。

こんにゃくに塗られた味噌は少し甘めで、上に振ったいりごまが香ばしく、焼いた味噌の香りと共に口いっぱいに拡がった。

結局のところ、自分はこのイケメンをありがたく拝みながら、手を触れることもかなわず、年を取っていくのだろうと思うと、切なさに胸がしめつけられる。

この人と結婚できるかもなんて考えていたこともあったなあ、と過去の自分の厚かましさがうらやましくもあり、思い返せば恥ずかしくもあった。

若鶏の竜田揚げはショウガの絞《しぼ》り汁《じる》、醬油《しょうゆ》、みりん、酒などに漬け込んだ鶏肉に片栗《かたくり》粉《こ》を薄くまぶして揚げたものだ。

片栗粉の白い衣《ころも》を透かして、醬油で染まった鶏肉が赤く見え、竜田川の紅葉と光る水面を連想させることからこう呼ばれるそうである。

叩いて薄くのばした鶏肉は片栗粉の衣をまとい、あつあつのカリカリに揚がっている。

「あっつ……」

思わず涙目《なみだめ》になりながら口の中で転がしていると、ショウガの香りが立ち、醤油のしみた肉の脂が口いっぱいに拡がった。

この幸せをお米と分かち合うべく、素朴《そぼく》な焼きもののお茶碗《ちゃわん》に盛られたさつまいもごはんを口に運ぶ。

炊《た》きたてつやつやの白いお米に、大きめに切ったさつまいもがごろりといくつも入っている。

炊きあがったさつまいもは皮が鮮やかなルビー色で、ほっくりした黄金色の実との対比が美しい。

もっちりしたごはんに、ほくほくのさつまいも。糖度《とうど》が高く、口の中で甘く溶けていくようだ。

「タツタってさ、元々は川の名前なんだよね？　左門《さもん》の親方が言ってたんだけど」

竜田揚げにやはり、あちちと涙目になっていた虎之介が麦茶を飲んで言った。

彼が話しているのは本日のお茶菓子のこと。左門というのは御菓子司・玻璃屋の店主の名である。

九月、玻璃屋の女将《おかみ》さんがしばらく実家に戻ることになり、その間虎之介が店番のアルバイトをしていた。

その縁から、女将さんの戻った今でも虎之介は時折、玻璃屋を手伝っているのだ。

今日のお菓子を配達してきたのも虎之介だった。

菜都実に出した水面に漂う落葉を模した菓子を玻璃屋では『竜田川』と名付けている。

「百人一首に有名な歌があるんですよ。ちはやぶる神代も聞かず竜田川、唐紅《からくれない》に水くくるとは、というの」

「あっ。ちはやぶるって俺、知ってる」

桜子の説明に、百人一首の漫画《まんが》を読んだことがあるからと、虎之介は嬉しそうだ。

「タツタ川って奈良《なら》？　だっけ」

虎之介の言い方は時々おもしろい。

奈良といえば修学旅行などで行く機会もあるだろうし、関西地方屈指の観光地の一つだ。

澄香自身も姉の布智と一緒に京都から奈良へ向かう旅をしたことがあった。

ましてや虎之介は大阪にいたのだ。

隣県の奈良にもなじみがあるのではないかと思ったのだが、そうではないようだった。

彼が口にした奈良という言葉は発音さえあやふやで、未知の秘境《ひきょう》か何かのように聞こえた。

そういえば、虎之介は記憶喪失なんだっけ、と今更ながら思いだした。

あまりにも彼が日常になじんでいるので、つい忘れてしまう。

小鉢《こばち》に盛られているのは春菊のナムルだ。

春菊をさっと湯がいて、ごま油や鶏がらスープで和《あ》えたものに味つけ海苔《のり》を加えてある。

独特のクセのある春菊がごま油に包み込まれ、海苔の香りも楽しい。

しゃきしゃきとした歯ごたえを残した春菊の複雑な味わいがいつまでも口の中に残り、何だか幸せだ。

箸《はし》に載せたごはんを口に運び、お味噌汁を飲む。

ひらたけ、まいたけ、しいたけにしめじ。どれも立派なものばかりで大きなお椀《わん》がきのこで一杯だ。

一口するとふわっと味噌の香りが立ち、続いて複雑に絡み合ったきのこの濃厚なだしが流れ込んでくる。

「はあ、おいしい」

思わずため息がもれる。

「秋の味覚ですわねえ」

桜子の言葉に大いにうなずく。

豆皿には大ぶりに切った生たらこが三切れ載っている。

実は生たらこは澄香の好物の一つだ。

たらこというと焼いたものか、明太子《めんたいこ》しか食べたことがなかったのだが、ある日、今夜と同じようにまかないで出された生たらこをおそるおそる一口食べて、意外なおいしさに驚いたのだ。

いそいそと一きれを箸でつまむ。

むっちりした食感。続いてぷちぷちと粒《つぶ》が歯にあたるのを楽しむ。

「竜田川はわたくしも行ったことがありませんわね」

桜子の言葉に、そういえばわたしもないなと澄香もうなずく。

奈良に旅行に行った際にも竜田川を訪れたことはなく、正直なところ澄香には竜田川が奈良のどこらへんにあるのか分からなかった。

「住宅街に近いのが少し意外でした」

仁が言った。え？　と驚く。

「あら、仁さん。行ったことがおありですの？」

桜子も意外そうだ。

「ええ、去年。ちょうど紅葉の季節でしたので」

去年？

思わず桜子と顔を見合わせてしまった。

「仁さん、その時分には京都にいらしたんじゃなくて？」

確かに去年の秋といえば、仁が由利子《ゆりこ》のもとに日参していた時期のはずだ。

仁の話によれば、ようやく由利子が回復の兆《きざ》しを見せ始め、それまで毎日訪れていたのを少しずつ減らすようになっていたらしい。

仁は京都にいる間、建設現場などで働いていた。夜に仕事が終わった後で由利子の病室を訪ねていたのだ。

この辺りの話を、澄香はかつて藤村《ふじむら》という男から聞かされていた。

去年の秋どころか、一昨年の冬頃の話だ。あの当時のことを思い出すと、凍《い》てついた心が思いだされ、胃の辺りが冷たい氷を飲みこんだように痛む。

次の春、確かに仁と心が通じ合ったように思った。

今から思えば、すべて散りゆく桜が見せた幻《まぼろし》だったのだろうか――。

いや、無理もないことかも知れない。

澄香はずっとここにいて仁の帰りを待っていた。

もちろん、『骨董・おりおり堂』の仕事を桜子から教わり、責任のある地位に抜擢《ばってき》されて、ある意味、成長はしている。

だが、ずっとここにいて同じ景色ばかりを見ているのだ。

それが悪いことだとは思わないが、対する仁はといえば、澄香の知らない景色をたくさん見てきたのだ。

大阪で旅回りの一座に同行していたのも驚いたが、それ以前の彼も京都で不自由な生活だけを送っていたのではないらしいことが分かってきた。

桜子の問いかけを受けて、仁がぽつりぽつりと語る。

京都の建築現場でたまたま知り合った人のことだ。

その人はかなりの高齢《こうれい》にもかかわらず、キャンピングカーで日本全国を旅して回っていたという。

仁は彼の車に便乗する形で奈良に出かけたという。

旅の道連れが女性でなかったことに澄香は安堵《あんど》し、同時にそんな風にしか物事をとらえられない自分に対し強い嫌悪感を覚えた。

「へえ。キャンピングカーで日本一周か、いいなあ。どんな車？　写真とか持ってねえの？」

無邪気に訊《たず》ねる虎之介に、食後のコーヒーを飲みながら仁が一枚の写真を見せてくれた。

残念ながら竜田川ではなく、高台に位置する寺の境内の写真だ。

駐車場にキャンピングカーが停まっており、白髪《しらが》に長い髭《ひげ》を蓄《たくわ》えた老人と仁が並んで立っている。

背景には見事な紅葉。はるか下方に街並みが拡がっているのが見えた。

「まあ絶景ですこと。下に見えているのは奈良の都ね」

「ええ」

仁がぼそりとつぶやく。

「京都の日々は決して楽しいものではなかったですが、この方との出会いから、奈良に出かけた時のことは一生忘れないと思います」

「あらあら、そうでしたのね。仁さんにとっての大切な思い出なのね」

「ええ」

慈愛《じあい》に満ちた桜子の言葉に仁が静かにうなずく。

「にしても、結構な爺《じい》ちゃんだよな。こんな高齢の爺ちゃんが一人でキャンピングカーを運転して旅してたわけ？　すげえなぁ」

虎之介の言葉に「そうだな」とつぶやき、仁は懐かしそうに写真を眺めている。

そんな仁を見ながら、澄香は胸のうちをちくちくと刺すものに気づいていた。

彼にとってこんなにも大切な思い出を、自分は聞かされたことがないのだなと思ったのだ。

仁が寡黙な男であることは今に始まったことではないし、そんな彼だからこそ好きになったともいえる。

しかし、こんな偶然によらなければ、彼を形作る大切な思い出を共有することはできないのだ。

どこまで行っても仁との距離は埋まらないのだと思い知らされる気がした。

◆

臼井菜都実が『骨董・おりおり堂』に出入りするようになったのは去年の春頃のことだ。

当時、菜都実は中堅のＩＴ企業で働いていた。中堅とはいっても無理な販路の拡大に人員の補充が追いつかず、システム開発部の人間はいつも徹夜《てつや》続きで青い顔をしているようなありさまだった。

菜都実は事務方の仕事をしていたが、利益の出ない部署に金はかけたくないという姿勢の会社だ。いつも、ぎりぎりの人数で回しているため休みなど週一で取れればいい方だった。

さらに広報や顧客《こきゃく》対応に人員を割《さ》いていたので、事務方の要《かなめ》である総務も経理もすべて菜都実の肩にかかってきていた。当然、毎日残業ばかりだ。

しかし、直接売上げに関わらない部門に対する社内の風当たりは強かった。

菜都実が無能なせいで仕事に時間がかかるのだと社長は言ってはばからず、増員する気ははなからないようだった。

菜都実は間に合わない仕事をどうにかこなすため、タイムカードを定時で押しておいて残業するのが日常となっていた。システム開発担当の社員たちとはまた別の意味でいつも心を磨《す》り減らしていたのだ。

後から考えれば、事務をきちんとこなす人間がいなければ会社など回っていくはずもないと分かる。だが、当時の菜都実は誰からも認められることがなく、孤立《こりつ》していた。いつしか自分には価値などないと思い込むようになっていたのだ。

そんな時だ。『骨董・おりおり堂』に出会った。

休日出勤の帰りだった。年度末だというのに仕事が終わらず、休みを返上するしかなかったのだ。

もう何週間も休みが取れていない――。

くたくたになってようやく会社を出たが、何だか気分を変えてみたい。そう思ってぶらりと足を伸ばした先に、その店はあった。

店の入口にある腰高のショーケースにきれいな桜の枝が生けてあるのを見て、菜都実は足を止めた。

早咲きの小さな桜の花も美しかったが、春の到来を喜ぶものか、草木の萌《も》え出ずる様を描いた花器があまりに鮮やかでまぶしく、眺めていると思いがけず涙が溢れてきてしまった。

「骨董屋さんか……」

いかに素敵な店でも骨董とは敷居が高い。

ちらちらと名残惜《なごりお》しげに店先を眺める。とはいえ、いつまでもここにいるのも怪しげだ。後ろ髪を引かれながらも立ち去ろうとしたタイミングで、からからと音を立てて格子戸が開いた。

頑固《がんこ》そうなお爺さんでも現れてとがめられるのかと思ったら、顔を覗かせたのは自分と同年配の女性だった。

「あっ、こんにちは。よろしければ中をご覧になりませんか？」

明るい声だ。決して美人というわけではないのに、彼女の笑顔には不思議なあたたかさがある。

「あ……」と声を発したきり、菜都実は黙ってしまった。

「いえ」

ようやく言った。

声を出すのがひどく億劫《おっくう》だ。

小さな声で否定の言葉を押しだし、のろのろと首をふる。

「骨董なんて私にはとても……」

自分はこんなにも口下手だっただろうかと菜都実は思った。

声はかすれ、言葉が喉《のど》の奥に貼りついたみたいに出てこないのだ。

「骨董だけじゃないんですよ。普段使いのうつわなんかもありますし、もしよろしければ、小さいんですけどカフェもありますので」

嬉しげに彼女が指さす先にはカフェボードが置かれており、控えめなチョークアートで菜の花とコーヒーカップが描かれていた。

菜都実は菜の花が好きだ。

自分の名前にその漢字が入っているからかも知れない。

亡くなった祖母《そぼ》が春先に菜の花を見つけると、「なっちゃんの花だね」と言っていたのを思い出すのだ。

決してうまい絵ではないのに、菜の花にあたたかく歓迎《かんげい》されているような気がして嬉しくなった。

それにしてもちょっと不思議な気がする。このカフェボードを何故、店の外ではなく店内に置いているのだろうかと思ったのだ。

これがもし格子戸の外にあったなら、菜都実だってもっと早く中に入る決断をしていただろう。

外に置いておいた方がお客が増えるはずなのに――。

そんなことを考えたのもつかの間、誘われるままに足を踏《ふ》み入れた『骨董・おりおり堂』は思った以上に素敵な店だった。

彼女の言うとおりだ。骨董だけではなく、モダンな外国製のうつわや雑貨、手頃な値段の豆皿なども並んでいる。

「お店の名前には骨董がついてますけど。どれも暮らしを少しでも豊かに彩ることができるといいなという思いで、うちのオーナーが集めたものなんです」

そう言って、彼女、山田澄香が紹介してくれたのは上品な老婦人だった。

銀色の髪を結い上げ、粋に和服を着こなしている。

「どうぞ、ごゆっくりなさって下さいね」

そう言って、注文した品を置いていく。カップに満たされているのは香り高いコーヒーだった。

美しい所作に優雅《ゆうが》な物言い。橘桜子というその女性は、大きく包み込むような優しい魅力の持ち主だった。

それ以降、少し時間ができると、菜都実は『骨董・おりおり堂』に通うようになった。

桜子は菜都実にとっての憧れを具現化したような存在だったし、山田澄香は気取らない友人のように寄り添ってくれる。

もっとも、決して踏み込んだ関係ではなかった。

そもそもが静かなカフェだ。

あまり立ち入った会話はできない。

季節の移ろいや気のきいた茶菓子のことなど。

彼女たちとの会話は菜都実の疲れた心にしみこんでいくようだった。

菜都実は今年の初めに会社を辞めた。

きっかけになったのは、昨年の秋のある日のことだ。

たまたま乗ったタクシーの運転手との会話にはっとさせられたのだ。

深夜、会社を出たところで偶然、拾ったタクシーの運転手はかなりの高齢だった。

彼は車を発進させると、静かな声で秋の樹木の話を始めた。

車にはお決まりのラジオなどではなく、小さな音でクラシックが流れていた。

身も心もくたくただった菜都実は、会話などせずに眠りたかったのだが、老運転手の語り口が魅力的でつい聞き入ってしまったのだ。

話自体は他愛《たわい》のないものだった。秋の木々が紅葉する理由だとか、どんな気候の年にもっとも美しく紅葉するのかとか。

その上で彼は言ったのだ。

「私もね、以前は会社人間でしてね、そんな季節のことなんか考えたこともなかったんですよ。だけど四十を超えた辺りで大病をしましてね」

現在の彼は六十を超えているだろうか。

かなりの痩身《そうしん》というべきなのか、制服の上着がだぶついているようだ。

病気は治ったものの胃の一部を切除したのでなかなか太れないのだと彼は話してくれた。といっても悲壮感《ひそうかん》などまるでない、からっとした話し方だった。

それ以来、と彼は言葉を継ぐ。

「何と言うんでしょうかね。一日一日がどれほど美しくて尊いものなのか、思い知らされた気がしましてね」

病気で退職した後、現在の仕事に転職することになったそうだ。

「今はね、こうやって車を流しながら、街路樹が色づいてきたなあとか、民家の軒先の鉢植えの花なんか見るとね、ああ元気に咲いてるなあ、どんな人が世話してるんだろうかと考えるんです。そうすると不思議に心が温かくなって、嬉しくなるんですね」

彼はそこで言葉を切った。

菜都実の反応がないので、うるさがっていると思われたのかも知れない。

後から考えてみても、彼の言葉の何があんなに胸に迫ったのか分からない。

とにかく菜都実は胸が一杯になって、泣きそうになるのを必死でこらえていた。

「本当にそうですよね」

『骨董・おりおり堂』と同じだと思った。

彼女たちやこの運転手みたいに、細《こま》やかな季節の変化や小さな幸せをちゃんと見ている人がいる。

うらやましいと思った。

同時に、なぜ自分にはそれができないのだろうと哀《かな》しくなる。

菜都実は気分を変えて訊いた。

「じゃあ運転手さん、今の季節なら紅葉の名所とかご存じなんですか?」

運転手は嬉しそうに笑う。

「それはもう。近場から小旅行まで、お望み通りの紅葉をご案内できますよ」

紅葉だけではなかった。梅や桜、菜の花、藤にあじさい、ひまわり、シャクナゲに牡丹《ぼたん》、薔薇《ばら》などなど、それぞれの季節ごとに、お気に入りの名所へ向かう小旅行を頼んでくる常連のお客が何十人もいるのだそうだ。

「そういう運転手さんって、たくさんいらっしゃるんですか?」

「いやあ、どうでしょうかね。売上げだけを考えれば回転率や効率なんかを重視して、一番いい場所に陣取《じんど》って客待ちをってことになるんでしょうけどねえ」

やはり珍しい存在だということのようだ。

「私は私のこのやり方が性に合ってましてね。ありがたいことにそういうお客様が口コミで増えて」

菜都実はいてもたってもいられず訊いた。

「あ、あの。タクシーの運転手って、私もなれるでしょうか」

ミラー越しに老運転手が驚いた表情でこちらを見るのが分かった。

それまで自分がタクシーを運転するということを選択肢として考えたことなどなかったが、昔から菜都実は車の運転が好きだった。

実家を出る時、車を置いてきたので今はほとんど乗っていないが、たまに帰省すると一人でドライブに出かける。

やれ結婚する気はないのか、恋人はいないのかなどと、親や親戚《しんせき》が年々うるさくなるのに比例して走行距離が長くなっていた。ほぼ一日中、運転しているようなこともあったのだ。

「そりゃうちの会社でよければいつだって大歓迎ですよ」

老運転手は最近、女性ドライバーの需要《じゅよう》が増えているのだと言い、連絡《れんらく》先を書いた名刺をくれた。

「その気になったらいつでも来て下さい」

彼にとっては単なる社交辞令だったのかも知れない。

だが、その言葉は菜都実にとっての希望となった。

仕事でどんなに心を磨り減らしても、タクシーを運転している自分の未来を想像すると心が明るくなったのだ。

とはいえ、これは大きな決断だった。

運転が好きというだけで本当にタクシードライバーが務まるのか。

女だからと難癖《なんくせ》をつけられたり、酔客《すいきゃく》に絡まれたりするのではないかという不安もあった。

菜都実は迷い、悩みに悩んだ。

悩んだあげく、最終的に背中を押したのは他でもない『骨董・おりおり堂』だった。

といっても、さほど親しい間柄でもないのにいきなりそんな重たい相談はできない。

その日買ったアンティークの古裂《こぎれ》を山田澄香が包んでくれているのを眺めながら、菜都実は訊いてみた。

「澄香さん、もし生まれ変わったらなりたい職業ってありますか？」

「え、生まれ変わったら、ですか」

山田澄香は手を止め、うーんと宙を見上げる。

「そうですねえ……。船乗りかな」

意外な答えが返ってきたことに菜都実は驚いた。

「船、お好きなんですか？」

「ええ、まあ」

山田澄香は照れくさそうに笑い、頭をかいている。

「子供の頃、なれたらなりたいなって思ってたんですよね。まあ、もう今からじゃ無理ですけど」

「え、そうなんです？　今からでも道はあるんじゃ」

山田澄香は唇を尖《とが》らせて、うーんとうなる。

彼女らしい。彼女がこういう際に見せるのは、飾らないというか、正直に言ってしまうとかなり微妙な表情だ。

自分を美人だと思っている人間ならば絶対にこんな顔はしないだろう。

意識的なのか、気付かずにやっているのか。

見ているこちらは楽しくていいのだが、好きな男性の前ではやらない方がいいですよと忠告したくなってしまう。

大きなお世話なのでもちろん言わないけれど——。

「道、ですか。そうですねえ。探せばあるのかも知れませんけど……。おりおり堂と出会っていなければ、もしかしてって思ったかも知れませんね。でも、今はもうここから離れる気はないかなって……」

彼女にとって、ここ『骨董・おりおり堂』の仕事は天職だったということなのだろうか。

確かに、この店の居心地の良さはオーナーの桜子によるものが大きいが、山田澄香もまた重要な存在だと菜都実は思う。

桜子が人として、また大人の女性としてあまりにも完璧すぎるせいで、どこか夢でも見ているようというか、手の届かない世界の人物と接しているように感じることがあるのだ。

確かにそれは憧れをかき立てられる。

しかし、対する菜都実はといえば、三十を超えてなお、結婚もしていないしキャリアとしても誇れるほどのものもない。

持っていないもの、見つからないものばかりなのだ。

完璧すぎる桜子に対し、我が身をかえりみると、どうしても気後れを感じてしまう。

ここに山田澄香がいるのは救いだった。

自然体というか等身大の山田澄香がいることで、この店がとても身近なものになるのだ。

桜子と山田澄香の二人がいることで、『骨董・おりおり堂』の絶妙なバランスが成立しているのだと菜都実は常々思っていた。

「うらやましいな。こんな素敵なお店で働くのが天職だなんて」

菜都実は素直《すなお》に思った通りを述べたのだが、「えへへ。ありがとうございます」と笑う山田澄香の顔がどこか寂しそうに見えたのが意外だった。

なぜなのだろうと菜都実は首を傾げる。少し待ってみたが、山田澄香はぎゅっと口をつぐんだままだ。

それ以上のことを話すつもりはないのだろう。

続いてにへっと笑う彼女らしい表情に思わず笑顔を誘われていると、逆に訊かれた。

「臼井さんは生まれ変わったら何になりたいんですか？」

あ、と思う。

菜都実は思いきって言った。

「生まれ変わったらというか、現在進行形の話なんですけど。タクシードライバーなんてどうかなあって……」

山田澄香は目を丸くした。

「え、臼井さん車お好きなんですか？　運転されてる姿って見たことがないのでちょっと意外です……。って、当たり前か。ここって車では不便ですもんね」

「やっぱり似合いませんか」

実は自分でもそう思っている。

ずっと事務仕事ばかりで接客経験もないし、運転は好きでも客を乗せて走る仕事は未知数だ。

増えてきたとはいうものの、女性のタクシードライバーはまだまだ少ない。

老運転手に出会う前に、菜都実は一度だけ女性の運転するタクシーに当たったことがある。

五十歳ぐらいだったろうか。

彼女は凛《りん》と背筋を伸ばし、きびきびとした喋り方をした。

その時はまだ自分がその仕事に就こうなどとは考えもしなかった頃で「へえ、珍しいな」と思っただけだった。

特に話をすることもなく目的地に着いたのだが、降り際の「どうぞお気をつけて。いってらっしゃいませ」という言葉が印象に残っている。

丁寧《ていねい》な接客方針のタクシー会社や、運転手の人柄によっては、それぐらいのことは別に珍しくないのかも知れない。

それでも、やはり彼女からは男性運転手に比べてよりソフトな印象を受けた。

そういえば運転もなかなかに丁寧だったなと菜都実は思い返している。

男性だからという理由ばかりではないだろうが、中には暴走すれすれの運転をするドライバーもいるのだ。

そんなこともあって菜都実は勝手なイメージを抱いていた。女性のタクシードライバーは皆《みな》、凛としていながらも丁寧で温かい接客をするものだと期待されているのではないかと思っていたのだ。

自信がない——。それが正直なところだった。

これまで会社で否定されてばかりだった菜都実だ。

とてもそんな風に、期待される女性ドライバーにはなれないだろうと思ったのだ。

「ああ、臼井さんだからね」

「あの人は仕事遅いよ」

「臼井うすのろってね」

会社の上層部は菜都実をわらう。同僚《どうりょう》だって皆そうだ。

一人をターゲットにして下に見ることで、自分たちのうっぷんを晴らそうとしていたのかも知れない。

菜都実はあきらめていた。

どんなに頑張《がんば》ったって、自分はそんな評価しか得られないのだと。

きっと、それが自分の実力なのだろう。

今の会社にいれば、残業を含めた実働時間にはとても見合わないが、菜都実の能力にしてはそこそこの給料をもらえる。

ここまで耐えてきたのだ。これからも我慢できなくはない。

しかし、あちらにある新しい世界はどうだろう。

今、菜都実はその世界に憧れ、大きな希望を持っている。

でも、と足がすくんだ。夢は夢のまま大切に育てているから楽しいのかも知れない。

そこでも誰かを失望させたり、今の会社の人たちから向けられるような嘲笑《ちょうしょう》で迎えられたとしたら？

「なんだこの程度なのか」

「女性だからって優遇されるとでも思ったのかね」

そんなこと、とても耐えられそうになかった。

やはり夢は夢として、そっと置いておこうか――。

自分の中で諦める方向に針が傾き始めた時だ。山田澄香が言った。

「実はですね、ここには骨董の他に『出張料亭・おりおり堂』というのがありまして。元々、私はそちらのスタッフだったんです」

「出張料亭、ですか?」

後から知ったことだが、この時期、料理人の橘仁が京都に行っており、出張料亭の方は休業中だったらしい。

ざっと出張料亭の説明をしてくれたあとで山田澄香が言う。

「一般のお宅に出かけて台所をお借りするので、色んなものが見えるんですよね。あ、整理整頓《せいとん》とか冷蔵庫の中身とかそんなんじゃないですよ。いや、そんなのも見えますけど、そこじゃなくて」

タクシードライバーの話をしていたはずなのに何を言い出すのだろうと首を傾げる菜都実に、山田澄香はあわあわと手をふり、顔を赤くして続ける。

「何ていうんでしょうか。そこに暮らしている方たちの人生みたいなものがかいま見えるというか……って、うわ。なんか変態っぽいですね。いや、えーとですね。出張に行くと、一期一会《いちごいちえ》じゃないんですけど、お客様の人生と私たちの時間が、一瞬交錯するような気がするんです」

　菜都実はこれまで、山田澄香とこんなに長く話をしたことがなかった。どうやら彼女はとてつもなく気恥ずかしいことを言っていると思っているらしい。

聞いている菜都実からすると、なかなかに良い話をしているように思えるのだが、当の本人ときたら、はっきり言って挙動不審だった。力が入れば入るほど、喋り方も動作も調子の外れた奇妙なものになっていく。

　つい笑いを誘われながら、何の話だっけ？　と思っていると、山田澄香が言った。

「タクシーって私はあまり乗らないんですけど、同じじゃないかなと思うんですよ」

「え、それは……出張料亭とってことですか？」

　山田澄香はふんふんと大きくうなずく。

「人によっては単なる移動手段かも知れないし、一瞬のことかも知れないんだけど、もしかするとタクシーに乗りこんだその瞬間《しゅんかん》、その人は人生の大きな岐路《きろ》に立ってるかも知れないじゃないですか」

　そう言って山田澄香は例をあげた。

　たとえば家族の入院した病院に向かう途中《とちゅう》だとか、自殺しようと樹海を目指すだとか、寝坊《ねぼう》して就職《しゅうしょく》試験に遅刻しそうだとか。

「タクシーの運転手さんって、もしかするとそんな人々の人生を乗せて走ってるんじゃないかなっていつも思うんです」

感心してうなずいた菜都実に山田澄香は嬉しそうだ。

「ね。そういう意味で出張料亭と似てるんじゃないかなって」

「人生が交錯する、一期一会……」

山田澄香が言った言葉を反芻《はんすう》し、つぶやいてみた。

そんな風に考えてみたことはなかったが、あの老運転手との出会いだって菜都実と彼の人生が一瞬交錯したものだといえるかも知れない。

「そうですそうです。あ、もちろんどんな仕事だっていいことばかりじゃないのかも知れませんけど、でも、タクシーの運転手さんって、ここじゃないどこかに人を乗せて運んでくれる、とっても素敵な仕事だと思うんですよね」

「ここじゃないどこか……」

瞳を輝かせる山田澄香があまりにも屈託なくて、菜都実はかえって自信がしぼんでいくのを感じた。

「あと、おもてなしっていっていいのかな。車の中の空間ってお茶室みたいだなと思うんですよね」

「え、お茶室？　茶道とかの茶室ですか」

山田澄香の突飛な発言につい確かめるように訊き返してしまった。

「そうなんですよ。私も最近、お茶のお稽古《けいこ》に通うようになったんですけど、お茶室って小宇宙《しょううちゅう》なんですよね」

「はあ」

お茶の経験のない菜都実でも、茶室とは非常に狭いものだという程度の知識はあるが、小宇宙というのはぴんと来なかった。

「お茶室には亭主《ていしゅ》のおもてなしの心が隅々《すみずみ》まで行き届いているのが理想なんだそうです」

もしかしてタクシーも同じだと言いたいのだろうか。

思いを巡らせている菜都実に山田澄香は、えーと、と考えるそぶりを見せる。

「出張料亭というのはお客様のお家に出かけていくのが基本なんですけど、でもお料理に関しては同じだなあと思ってたんです。おもてなしの心を持ってその時間、その空間を作るといいますか」

そこまで言って、山田澄香は少し不安げな表情になった。

「あ、あの、すみません……べらべらと。私の話は感覚的すぎてわかりにくいってよく言われるんですよね。わかりにくかったですか」

「いえ、何となくわかります。続けてくださいますか」

山田澄香は安心したように続ける。

「もちろんお家なら元々そちらが亭主でもあり、宇宙の創造主でもあるんだけど、その上に乗っかる形でこちらの宇宙を作るんですよねえ」

何だかすごい単語が飛び出してきたぞ、と菜都実はおかしくなった。

とりあえず山田澄香が『出張料亭・おりおり堂』に対して並々ならぬ情熱を注いでいるらしいことはよくわかる。

「運転手さんのおもてなしの気持ちで満ちあふれた小宇宙。そんなタクシーがあればいいと思います」

「思います、まる」とでも言いそうな勢いだ。

確かに、おもてなしを心がけることは菜都実にもできるかも知れない。

だが、そんな気のきいた小宇宙を作るような自信はなかった。

山田澄香はタクシーの運転手は乗客の人生を乗せて、ここじゃないどこかへ運んでいく仕事だと言った。

彼女が力説しているのは理想のタクシードライバー像なのだ。

その理想の姿に菜都実が近づけるとは限らないではないか。

「私にそんなことできるでしょうか」

訊かれても困るだろうが、訊かずにはいられなかった。

「あら、気負う必要なんてどこにもありませんよ」

背後から声がした。桜子だ。

「人間って不思議なものですわね。人が人と出会って、ほんのふたことみこと言葉を交わしただけで、何だか心があたたかくなって、ああ素敵な出会いだったわと感じることがありますの。そんな経験、臼井さんもおありなのではないかしら？」

「あ、あります」

老運転手との出会い、そして菜都実にとってはこの『骨董・おりおり堂』での時間がまさにそれなのだ。

「わたくしたちはね、臼井さん。あなたとお話しする時にそう感じますの。凪《なぎ》とでもいうべきかしらね」

「なぎ？　凪ですか」

これにはさすがに菜都実も首を傾げてしまった。

「あなたはいつも心が凪いでおられるように感じます。ああ、ごめんなさいね。もちろん大変な思いだってしてらっしゃるのはわかっていますよ。人間、誰だってそうよね。それでもここへ来られるあなたはいつも静かにほほえんでらっしゃるの」

確かに菜都実は滅多なことでは表情を変えない。だからこそ、会社では皆がサンドバッグ代わりに菜都実をこき下ろすのではないかと考えたことがある。

それでも、自分が不愉快《ふゆかい》だからといって、それを表に出して攻撃的になって、事態が好転するとは思えなかった。

雪の下で春を待つ植物のように、じっと耐え続けている。けれど、その実、心の中は決して凪いでいるわけではなかった。諦めや怒りなど、どろどろしたものを胸のうちに飲み込んでいるだけなのだ。

「そんな。私はそんなものでは」

「いいえ、それは得がたいことよ。何もかもを抱え込んでしまうのは良くないことだけれど、自分の感情を全部表に出して、無遠慮《ぶえんりょ》に人にぶつけるのも時と場合によっては困ったことですから」

桜子はおどけたような表情を見せる。

「世の中には何だかいつも怒っている人や、欲にまみれてギラギラしているような人もいますでしょう。そんな方と狭い空間で二人きりは疲れますものね」

「じゃ、じゃあもしかして、私はタクシードライバーをやっていけると思ってもいいんでしょうか」

勢いこんで訊いた。

「そのお仕事にどんな苦労があるのかはよく分かりませんけど、少なくともわたくしは臼井さんのタクシーに乗せていただきたいと思いますよ」

「わたしもです」

彼女たちに背中を押される形で、菜都実は老運転手の所属するタクシー会社への転職を決めたのだ。

一ヶ月の研修を終え、指導員《しどういん》の同乗なしで初めて街に出た。

菜都実が心配していたような事態は滅多に起こらないようだ。

酔客の多い深夜帯のシフトを避けてもらっているおかげもあるだろう。

もちろん中には女性と見るや横柄《おうへい》で小馬鹿《こばか》にしたような態度を取ったり、セクハラまがいの言動をする男性客もいた。腹立たしくはあるが、菜都実は毅然《きぜん》とした態度を貫くことでかわしている。

女性であることを不利だと思うことはあまりなかった。

むしろ、赤ちゃんを抱いたお母さんや高齢の人たちは女性ドライバーであること、さらには菜都実のちょっとした心配りを喜んでくれることも多いのだ。

さらに菜都実が転職するきっかけになった老運転手——三木《みき》さんに教わり、季節季節の花の名所や近場の寺や神社で行われる小さな行事などにも精通し、臨機応変《りんきおうへん》に案内できるよう精進《しょうじん》しているところだ。

自分なりの小宇宙でおもてなしができればいいなと思っている。

『骨董・おりおり堂』には以前にも増して顔を出すようになった。

時間と気持ちに余裕ができたことに加え、季節のことや歳時記など、桜子に教えを乞うことができるし、彼女のちょっとした言葉から知識が拡がるのを感じるのだ。

菜都実にとって『骨董・おりおり堂』で過ごすひとときは一日の疲労を癒《い》やし、心豊かに過ごすためのかけがえのない時間だった。


ところが、である。

この夏、事情が変わった。

きっかけは橘仁が戻ってきたことだ。

本人が言っていたとおり、山田澄香は元々は『出張料亭・おりおり堂』のスタッフだ。

理由は詳しく知らないが、料理人の仁が不在だったがゆえに出張料亭を休業していたのだ。

その彼が突然、帰ってきた。

当然『骨董・おりおり堂』にも変化が現れる。

一番の変化は山田澄香が出張に同行するようになったことだ。

「こんばんは」と店を訪ねても、山田澄香がいない日が何度かあった。当然、その際には桜子が残っているのだが、やはりどこか物足りない気がする。

山田澄香が話していた通り、橘仁という男は驚くほどのイケメンだった。

さらには仁が連れてきた雨宮虎之介という少年が恐ろしくかわいい。

なんでこんなところにこんな人たちが？

二人とも芸能人でないのが不思議なほどだ。

場所が違えば、まあ、イケメンね、眼福《がんぷく》だわと思って終わりだったかも知れない。

しかし、この二人が『骨董・おりおり堂』の店内をうろついているのは菜都実にとってはあまり喜ばしいことではなかった。

以前は仁も『骨董・おりおり堂』のカフェのキッチンに立っていたことがあり、その時代のファンだったという女性たちが押し寄せてきたのだ。

仁さーん、仁さーんという甲高《かんだか》い声には、さすがに眉《まゆ》をひそめざるをえない。

カフェで静かに過ごしたいと思う菜都実にとって、彼の存在は正直なところ迷惑《めいわく》でしかなかった。

うるさいだけではない。彼目当ての客で席が埋まってしまい、菜都実が入れないような日も出てきたのだ。

菜都実にとって居心地のいい『骨董・おりおり堂』とは桜子と山田澄香の二人の店だ。

菜都実からすると、仁の方こそ異物で、穏やかだった「場」を、仁や声高に話す取り巻きたちに踏み荒らされていくような気がした。

だが、仁という男もその辺りの空気を読んだのだろうか。次第に店先に顔を出さなくなり、目当ての彼が姿を現さないと知ったファンたちの騒ぎも次第に落ち着いていった。

ようやく戻ってきたおりおり堂の日常はやはり心地よい。

カフェボードの謎の真相もこの時、知った。

あのカフェボードが店内にあるのは、無用に騒がしい客を呼び込むことを避けるためらしい。確かに立地からして、ここにカフェがあると分かれば、通りすがりの観光客がどんどん店に入って来るだろう。

桜子と山田澄香はそれをよしとしないようだった。

「でも、カフェとしてはその方が儲《もう》かるんですよね？」

「それはそうなんですけど、あくまでもカフェがメインの店ではないといいますか。元々は店内のものを見ていただいて、ちょっと休憩《きゅうけい》していただければばって感じでオーナーがカフェスペースを作られたんですよね」

ちょうど菜都実が初めて訪れた直前にカフェスペースを改装したそうだ。

菜都実のお気に入りのソファはその際に新調されたものらしい。

「あのソファは澄香さんのアイデアでしたのよ。臼井さんにも気に入っていただけて嬉しいことね」

桜子がそう言ってほほえむと、うんうんと山田澄香がうなずく。

「すごくわがままな話なんですけど、私はこの空間の良さっていうか、空気みたいのを好きでいて下さるお客様だけに来て欲しいと思ってしまったんですよね」

山田澄香はそう言って、にへっと笑った。

ああ、それが彼女のいう小宇宙なんだ——。

菜都実はそう思った。

騒がしい客を完全に排除することはできなくとも、できるだけ理想の「場」に近づけるために心を砕く。

だからといって決して常連のためだけの閉じた場ではない。

扉はいつだって開いている。

共に心地よく過ごせるのならば誰だって歓迎されるのだ。

それがこの店のあり方だった。


橘仁。菜都実は彼と直接話をしたこともなかったし、はっきりと意識していたわけではなかったが、彼に対する反感というか、わだかまりのようなものをずっと感じてはいた。

そんな菜都実の中で彼への意識が百八十度変わる出来事があった。

三木さんの送別会だ。

三木さんとは菜都実が転職するきっかけとなった老運転手である。六十五歳の定年後、再雇用《こよう》されていた彼は七十歳の誕生日を迎え、いよいよ引退することになったのだ。

それを知った時、菜都実は泣いた。

季節の花や誰も知らない素敵な場所、お客様への心のこもった接し方など、まだまだ彼から教わりたいことは山ほどあったからだ。

「そんな。無理です。私なんてとても三木さんの代わりにはなれません」

彼を指名する常連客のほとんどを菜都実が引き継ぐと聞いて驚いたのは菜都実自身だった。

毎年、花の見頃を楽しみにして三木さんを指名してくるような常連客を満足させることなどできるはずもないではないか。

「臼井さんなら大丈夫ですよ」

三木さんはそう言って笑った。

「私の代わりじゃなくて、あなたらしくご案内すればいいんです」

穏やかで面倒見のいい性格の彼はお客様からの支持も絶大だったが、会社の同僚たちからもとても慕われていた。

菜都実自身も、短い間だったが本当に多くのことを彼から教わった。

彼がいなければ今の自分はない。どんなに感謝してもしきれないのだ。

新参者《しんざんもの》の菜都実ですらそうなのだ。苦楽を共にしてきた先輩《せんぱい》ドライバーたちが別れを惜しむのは当然だった。

誰からともなく送別会を、という話になり、お店はどこにしようか、となったところで三木さん本人が希望したのは「食堂」だった。

菜都実の所属するタクシー会社には食堂がある。つまりは社員食堂だ。といっても、本社の片隅を仕切った小さなもので、狭い厨房《ちゅうぼう》の前に寄せ集めのテーブルと椅子を並べただけのものだ。

厨房を預かっているのは近所から通ってくるおばさんで、週五日、朝から午後五時までの営業だ。

特別な料理が出るわけではないし、メニューもお任せの定食が一種類だけ。焼き魚に味噌汁、煮物《にもの》といった家庭的な味付けの、どこかほっとする献立だ。会社から補助が出ており安く食べられることもあって、休憩時間のドライバーが交替で訪れる。

そこで送別会を、となって慌てたのは厨房のおばさんだった。

昔、学生寮を切り盛りしていたとはいえ、彼女が作るのは家庭料理の延長なのだ。とてもそんな大役は果たせないと尻込《しりご》みするおばさんに、幹事《かんじ》を任された後輩の南田《みなみだ》君は頭を抱えた。南田君は後輩といっても菜都実のすぐ後に入社した男性社員で、この会社に入る前には墓地《ぼち》の営業をしていたらしい。

菜都実より三つ年下の彼は、おばさんの説得に失敗し焦《あせ》っていた。

「まずいっすよ、臼井さん。おばちゃん、俺の顔見たら悲鳴あげて逃げ回るんすよ」

それはキミが気配を消して無言で背後に立ち、唐突《とうとつ》に口を開いては何度かおばさんをびっくりさせたことも影響しているのでは？　と思ったが、あまり時間もないのだ。

茶化している場合ではない。

「あのね、出張料亭っていうのがあるのよ。プロの料理人さんが出張して料理を作ってくれるんだけど。ちょっと予算とか訊いてみようか？」

「え、そんなんあるんすか。是非、お願いします」

南田君は泣かんばかりだった。

退職する三木さんは恐らく、皆にあまり負担をかけないようにと社員食堂を選んだのだろう。とはいえ、送り出す方には、それなりの会費を払う心づもりはあるのだ。

早速、『骨董・おりおり堂』に立ち寄り山田澄香に訊いてみると、店の奥から橘仁を呼んでくれた。

話を聞くと、こちらの予算に合わせて料理を作ってくれるという。

厨房を使わせてもらうことについて、おばさんは大歓迎だったたし、会社側からも了解が得られた。

何よりも会社の食堂を使うことには利点がある。

シフト勤務の宿命で、ドライバー全員が一斉《いっせい》に酒席に参加するということができないのだ。これから乗務するドライバーはもちろん、翌朝早いシフトの人間もアルコールは控えなければならないからだ。

その点、食堂ならば交替のタイミングでちょっと顔を出すこともできるし、アルコールを飲まずに料理だけをつまむことも可能だ。

何よりプロに頼めば、料理の華やかさも期待できるだろう。

そんなわけで、かなり急な話ではあったが、十月のある夜、『出張料亭・おりおり堂』を依頼することになった。

「臼井さん。私のためにプロの料理人さんを呼んでくれたんですって？　いやあ、こりゃあ参ったな。缶ビールとするめでもあれば十分だと思ったんだけど」

話を聞いた三木さんは恐縮した。

「ダメですよ。みんなお世話になった三木さんをおいしい料理とお酒でお送りしたいと思ってるんですから」

そうはいったものの、菜都実はあいかわらず仁にあまりいい印象を持っておらず、果たしてどんな料理を作ってくれるのか、お手並み拝見といこうかしら——などと思っていた。

菜都実は乗車中で立ち会わなかったが、当日までに仁が三度ほど打ち合わせに来たそうだ。

厨房の説明をしたおばさんは既にめろめろになっている。

「臼井さん、臼井さん。あの料理人さんってすごいねえ。礼儀正しいし丁寧だし、あんなハンサムなのに全然気取ったところがないんだもの。こんなおばあちゃんなのに何だか気持ちが若返っちゃったよ」

うきうきしているおばさんには悪いが、仁を褒《ほ》められても菜都実としては少しも嬉しくない。

「私、あの人とはあんまり喋ったことがないのでよく知らないんですよ」

「あらま、そうなの？　あたしゃてっきり臼井さんの思い人なのかと」

「いやだ。なんでそうなるんですか。違いますよ。私がよく行く骨董屋さんの関係で知ってるだけなの」

骨董？　と目を丸くするおばさんに、おりおり堂のカフェについて詳しく説明する羽目になってしまった。

おばさんの話によれば、仁は社長や三木さんと特に親しかった同僚、そして三木さん本人からも話を聞きたいということで、彼らの都合に合わせる形で三度も打合せにやってくることになったようだ。

ずいぶん丁寧なんだなと菜都実は半ば呆《あき》れながら思った。

暇《ひま》なのかしら……。

そこまで時間を割いていたのでは、実入りがいいとはいえないのではないか。

こだわりの職人ってことなのだろうか。

それはそれで、何とも面倒くさい感じだと菜都実は思った。

送別会当日。

仁と山田澄香の二人が昼過ぎにやって来て、通常の食事を出すおばさんの傍らで作業を始めた。

三木さんが夕方までの勤務を終えて戻ってくる。彼の三十年近い運転手生活、最後の乗務だ。

「三木さん、今日まで長い間、お疲れさまでした」

狭い食堂に詰めかけた社員たちが一斉に立ち上がり、拍手《はくしゅ》で彼を迎える。

「ほら、三木さん。こっちこっち。今日の主役なんだから」

「いやあ、参りましたよこれは」

三木さんは握手を求めた社長に手を引かれ、特等席に座らされた。

特等席といっても、いつものテーブルにそこだけ特別に白いテーブルクロスをかけて、花を飾っただけのものだが。

乗車前や非番の人間も顔を見せているので、参加者は三十人は超えている。

席がまるで足りないので、隣の事務室との境に立てられた目隠し代わりのパーティションを取り払い、事務椅子やパイプ椅子も運び込んでいるが、それでも立っている人間が多い。

缶ビールやお茶のペットボトルが配られ、雑然とした中、社長の挨拶が始まり、乾杯《かんぱい》となった。

菜都実と南田君は雑用係みたいなもので、厨房との境で冷蔵庫の飲み物や差し入れられた一升瓶《いっしょうびん》の日本酒を紙コップに注いで配ったりと大わらわだ。

厨房の中では仁と山田澄香が大量の料理を次々に完成させていた。

まずは大皿に盛られたお造りだ。マグロの赤身、大トロ、イカ、鯛《たい》、あわび、甘エビなどを美しい細工のつまが彩っている。

同じものが五皿用意されており、テーブルごとに置かれた。

「おおっ」

どよめきと歓声が上がる。

ちなみに醤油をつける小皿は食堂の備品で、普段、漬け物が入って出てくるプラスティック製の薄緑色のものだ。

いささか優雅さに欠けるなあ、と菜都実は唇を尖らせた。

片隅でおばさんが醤油を注いで、全員に行き渡るようリレー方式で回していく。

「おばちゃん、こっち、あと三つ頼むわ」

「あいよ」

などとわいわいと声が上がる中、あちこちから箸が伸び、どんどん刺身が減っていく。

壁際には会議室から持ってきた長机を二つ合わせたものを設置してある。

そこに料理を並べ、各自が好きなものを取っていく、いわばビュッフェ形式でいこうということになっていた。

一体、何人が参加するのか、何時に誰が席に着いているのかが、結局最後まで読み切れず、この方がいいだろうとなったのだ。

いち早く自分の分の刺身を確保した菜都実は次の料理を待っていた。

山田澄香に、幹事さんたち（南田君だけでは頼りなく、いつの間にか菜都実も幹事にされていた）の分は別に料理を取り分けておきましょうかと訊かれ、自分たちの分は自分で確保しますと答えている。

何かというと名を呼ばれ、雑用を押しつけられる身の上だ。それは主に南田君の話なのだが、菜都実も知らん顔はできない。

うかうかしていると食いっぱぐれてしまいそうなので、南田君と二人、料理が出たらまずは自分の分を確保しようと申し合わせていた。

今回のビュッフェは社長といえども、自分で料理を取りにいくのが基本ということになっている。既にお皿を持った社長がスタンバイ中だ。

山田澄香が手際良く料理を並べていく。

机の一番右側には、小さなプラスティックのカップに盛られたものがずらりと並べられていた。

ちょっとスイーツのようで、あらっと思ったが正体は白和《しらあ》えと柿《かき》なますの二種類だった。

一人一枚確保した大皿（これも食堂の備品）の上に一つずつ取る。

ふと見ると、美しい筆文字で書かれたおしながきが柱に貼り出されていた。

マナガツオの幽庵《ゆうあん》焼《や》き
あなごの鳴門《なると》巻《ま》き
塩焼き鳥
ミニロールキャベツ
揚げ茄子《なす》の南蛮《なんばん》漬《づ》け
パスタサラダ

和洋折衷《わようせっちゅう》というか、居酒屋のメニューみたいなものもある。

菜都実は首を傾げた。橘仁は和食の料理人らしい。

山田澄香が誇らしげに語っていたところによれば、京都の一流料亭で修業をしていたそうだ。

そんな事前情報があったので、料亭とまではいかなくとも、もっと本格的な料理が出てくるだろうと菜都実は思っていた。

しかし、これはずいぶんと庶民的だ。

第一、うつわがひどい。料理によって、大皿や保温用トレーなど様々なものが使われているのだが、数が足りず、食堂の大鍋がそのまま鎮座していたりもするのだ。

この人、本当におりおり堂の人なのかしらと菜都実は少し意地悪く考える。『骨董・おりおり堂』は優雅でセンスのいい店だけど、出張料亭の方は大したことないんじゃないのと思ったのだ。

だが、その考えは白和えを一口食べたところで、吹っ飛んだ。

菜都実がそれまで抱いていた白和えのイメージは、「毒にも薬にもならない食べ物」だった。はっきりいってあまり好きではない。

たとえばスーパーやコンビニのお総菜売り場で、野菜を食べようかな、となって、サラダ？　ううん、こっちの方が何となく身体に良さそうだわと手に取ることはあった。

でも、そうやって買った白和えはたいてい甘すぎたり、味が薄すぎたりする。

これって何がしたいんだろうと、ちょっとイラッとするのが常なのだ。

しかし、この白和えは違った。恐ろしく繊細《せんさい》な味だ。

思わず箸でつまんで、しげしげと眺める。まいたけとしめじ、春菊を豆腐《とうふ》で和えてあるようだ。

逆にいえば、それだけの食べ物のはずだ。

だが、春菊もきのこも火の通り方が絶妙だった。

歯ごたえがいいし、とにかく食材の味や香りが鮮明なのだ。

よほど使っている材料がいいのか、あるいはやはり調理のしかたが上手いのか。どの野菜も存在感が強い。それでいて、決して声高に主張しているわけではなく、きちんと全体が調和しているのだ。

和えごろもの方も単なる豆腐のはずなのだが、なめらかでまろやかで、野菜を優しく包み込んでいる。

あまりのおいしさに、思わずプラスティックのカップを二度見してしまった。

「何これ、すごくおいしい」

思わずつぶやくと、隣で食堂のおばさんが「ああっ、本当だねえ」とため息とも何ともつかない声を上げて、天を仰いでいた。

橘仁の料理を褒めるのは何だか悔しい。

けれど、それは他のすべての料理にも共通していた。

柿なますなんて大した料理だと思ったこともなかったし、そもそもなますはお正月ぐらいにしか食べたことがないのだが、これがまたおいしい。

細く切られた大根のしゃきしゃきした食感、酢《す》のまろやかな酸味、そこに柿の甘さが加わる。

この柿がまた固すぎず熟《う》れすぎてもおらず、絶妙なのだ。

次に、ずらりと並ぶマナガツオの幽庵焼きを一つ取った。

ほのかに柚子の香りを感じる、甘辛《あまから》のたれにつけた白身だ。焼き加減がまた見事だった。

ぱりっと焼けた皮面は醤油だれを焦がした香ばしさ。

中の白身はふっくら、ぷっくり仕上がっている。

あなごは柔らかく、渦《うず》巻き状に巻かれたものを口に運ぶと、とろりと溶けてしまった。

焼き鳥もそうだ。

串に刺すのではなく、一口大に切ったもも肉を長ねぎと一緒に焼いたものだ。

これは炭火《すみび》を使って焼いたそうで、炭焼き特有の香りがする。

食欲をそそられる焼き鳥屋の煙《けむり》の匂いだ。

鶏肉は、むっちりとした弾力がある。

じゅわりと肉汁がしみ出したところで、一緒に口に入れた長ねぎの甘みが拡がる。

塩がまた特別なものなのだろうか。

とても塩だけとは思えないような複雑な味わいだった。

「なんでこんなにおいしいんだろう」

思わず言うと、おばさんがしたり顔でうなずいた。

「これこそプロの料理人なんだよう。あたしにゃ分かる」

力強く言いきったおばさんによれば、食材の目利きはもちろん、切り方や下ごしらえに至るまで、繊細で丁寧な仕事がなされているらしい。

「考えてもみなよ、こんな大人数相手にすんだよ？　普通はいちいちそんな丁寧なことしてらんないよ」

確かにそうかも知れない。

料亭だって大人数をさばくことはあるだろうが、大きな店ならば板前だって何人もいるだろう。

「あたしの料理なんか、家庭料理の延長だからねえ。いい加減なもんだよ。こんなすごい料理の前には幼稚園《ようちえん》のおゆうぎみたいなもんだ」

おばさんはそう言うと、ぶるぶると震えて見せた。

「そんなことないですよ。おばさんの料理はいつもおいしいし、おふくろの味だってみんな喜んでるわ」

「ありがとよ。でもさ、やっぱりせっかくの三木さんの送別会だもの。いつもと同じような料理じゃ申し訳ないじゃないか」

おばさんは、仁さんに頼んでくれて良かった、ホントありがたかったと何度も繰り返している。

「もし、あたしがこれやってたら、唐揚げだろ？　春巻きだろ？　あとはウインナーに焼きそば、おにぎりってとこだったわよ」

だそうだ。人数が多いし、お酒の会なので適当なつまみがあればいいだろうとなるのが普通だろうというのである。

「でも、仁さんのも、メニューは結構庶民的だよね」

菜都実の指摘《してき》に、おばさんは「それがあんたさ」と声をひそめる。

おばさんいわく、それは予算の関係なのだそうだ。

仁が三木さんの希望を訊いたところ、三木さんは、できる限り安くあげて欲しいと言ったらしい。

「え。でもみんなお金は払うって……」

実際、幹事である南田君は参加が確定している人たちから事前に会費を徴収《ちょうしゅう》し、社長や部長からは別途カンパも受けている。

その一部は『出張料亭・おりおり堂』への前払いに充《あ》てた。

材料を仕入れなければならないので、そうと決まっているらしい。

おばさんは、そうじゃないんだよと首をふった。

「もちろん会費はあるけど、払ってない人だって来るだろ。その時にあんたの分はないよってわけにはいかないじゃないか」

実際、他の営業所からも次々に人がやってきて、三木さんと握手をしたり話し込んだりしていくが、勧められるままに同じように飲み食いしている。

「第一さ、懐石料理だなんだって出したって、そんな高級なもの食べたことないって子もいるからね。仁さん、そういう連中のことも考えてくれてんだよ」

なるほど、白和えを食べて微妙な顔をしていた南田君は焼き鳥やミニロールキャベツを「うっま」とほおばっている。

ちなみにこのロールキャベツがまた絶品だった。

ベーコンで巻いたロールキャベツにはとろりとしたホワイトソースがかかっている。口当たりのいいソース、キャベツの甘みに挽肉《ひきにく》、ベーコンの旨《うま》みが渾然《こんぜん》一体となってハーモニーを奏《かな》でるのだ。「残ったらタッパーに入れて持って帰りたい」とはおばさんの弁だ。

実際には用意されたトレイ一杯のロールキャベツはあっという間になくなってしまったけれど。

「けど、ぶっちゃけさ、仁さん、こんなんじゃ割に合わないと思うよ」

おばさんが更に声をひそめて言う。

大人数の料理を一人で作るのだ。ここに来てからの時間ではとても間に合わないので、下ごしらえのほとんどを済ませた状態で持ちこんできているのだそうだ。

「あの丁寧な仕事ぶりじゃないか。並大抵の時間じゃ済まないだろうさ」

そうなのかぁ、と厨房に目をやると、料理をする仁の隣で山田澄香が真剣《しんけん》なまなざしを向けているのが見えた。

正直なところ、菜都実は山田澄香の姿にも驚いていた。

骨董の店で見る彼女とはまったく違う。別人のようなのだ。

『骨董・おりおり堂』にいる時、彼女はどこか緊張《きんちょう》しているように見える。

いや、緊張というのはおかしいか――。

菜都実は自分の考えに苦笑した。

山田澄香は元々、のんびりした雰囲気《ふんいき》の持ち主だ。

自然体でふにゃっと笑うのが彼女の魅力の一つなのだ。

けれど、同時に彼女はものすごく頑張っている感じがする。

訊けば、彼女も元は派遣のOLだったそうで、骨董の知識なんてまるでなかったという。

「とにかく色々覚えることばっかりなんですよー」

一度、冗談めかして言っていたことがある。

オーナーの橘桜子はとても若々しいが、かなり高齢だ。

あまり考えたくないことだが、年齢的にはいつ何があってもおかしくないのだ。

山田澄香があの店の後継者になるのなら、桜子の持つ知識を残らず自分のものにしておく必要がある。

教わっておくべきことは、菜都実が三木さんから得たものの比ではないはずだ。

だから山田澄香は常に全身の感覚を研ぎ澄ませ、一言だって聞き漏らすまい、見逃すまいと気を張っているような気がするのだ。

もしかすると『骨董・おりおり堂』の彼女はまだ半人前なのかも知れない。

色んなものを吸収するために常に緊張状態にあるのではないか。

しかし今、ここで橘仁の助手をしている彼女はのびのびと働いているように見える。

ここでの山田澄香は目の輝きが違った。

見ていても小気味良い。

彼女は忙しく立ち働きながら、きちんとあちこちに目配りをしているのだ。

今日は自分の食べるものは自分で取ることが基本で、料理の並んだ机の前に人だかりができているが、唯一《ゆいいつ》の例外があった。

料理を並べ終えると、山田澄香はそれを一枚の皿に一品ずつきれいに盛りつけている。

どうするのかと思って見ていると、皿を持って行った先は、今夜の主役の三木さんの前だった。

ほんの少量ずつだ。

お礼を言って受け取った三木さんは話をしながら、ゆっくり口に運んでいる。

お酒もそうだ。

楽しそうに笑いながら、ちびちびと飲んでいた。

たまにお酌《しゃく》をしにくる人もいるが、隣に陣取った社長が何か笑いながら代わりに受けている。

菜都実はそうかと思い当たった。

胃を切除した三木さんは一度に沢山の量を食べることができない。もしかすると、このメニューも三木さんの体調を配慮したものなのかも知れなかった。

「おっ。待ってました」と声が上がる。

山田澄香が何か耳打ちし、嬉しそうに三木さんが立ち上がったのだ。

実は今夜のメイン料理がもう一つ用意されている。

食堂にある一番大きな鍋で煮込まれているのは芋煮《いもに》だった。

三木さんの故郷《こきょう》の郷土料理なのだ。

だしや酒、みりんで下味をつけて煮込んだ小芋やこんにゃくなどに、牛肉を入れ、醤油を入れてさっと煮るとできあがりとなる。

「牛肉を入れたら煮すぎてはいけません」

厨房で三木さんが熱く語っているのを、カウンター越しに社長以下、皆が興味津々《しんしん》に覗きこんでいる。

普段の温厚なイメージはどこへやら、三木さんは妥協《だきょう》は許さないとばかりに鍋をにらんでいる。

芋煮というと川原で大勢が集まってする芋煮会のイメージが強いが、もちろん家庭でも作られるものだ。

——という話を、菜都実は他ならぬ三木さんから聞いたことがあった。

東北の人は芋煮に対する思い入れが強いそうで、地域によって味付けや入れる具材も違うらしい。

三木さんにとっては芋煮の肉は牛肉なのだが、同じ山形でも豚肉《ぶた》を使う地域もあるという。醤油ベースのところもあれば、味噌味が芋煮の基本だという場所もあるそうだ。

「醤油はね、これなんです」

満面の笑みを浮かべ、三木さんが取り出したのは醤油のプラボトルだった。

地元から取り寄せたものをわざわざ持ちこんだそうだ。

「これじゃないと味が決まらないの」

そう言って鍋にどぼどぼと投入する三木さんに仁がうなずいている。

あ、笑っているわ、あのイケメン——。

菜都実は、へえと思った。ほとんど表情を崩《くず》さず、どちらかというと無愛想なイメージの強い彼が、三木さんのこだわりにいやな顔をするでなく、笑顔を浮かべているのはポイントが高かったのだ。

このタイミングで菜都実の携帯《けいたい》が鳴った。

菜都実は慌てて対応に出向く。

花屋だった。三木さんに渡す花束を頼んでいたのだ。食堂のある二階から階段を下り、花を受け取り、一階の応接室に置いておく。

「ちょっとここで待っててね」

豪華な花束に語りかける。

まだ出番には少し早い。

部屋の扉を閉めて出ると、廊下に醤油のいい匂いが漂っていた。

ずいぶん料理を食べた後なのに、あらたに食欲を刺激され、菜都実は嬉しくなって階段を駆けあがった。

二階から、わいわいと楽しそうな声が聞こえてくる。

ちょうど煮あがった芋煮の大鍋が運ばれてくるところだった。

一番近いテーブルの上にどんと載せられた湯気の立つ鍋の前に陣取っているのは三木さんだ。

寄せ集めのお椀や茶碗、プラスティック容器に三木さん自らよそっていく。

山田澄香が交代を申し出ても、「あと一杯だけ」と言いながら、絶対におたまを離さないのだ。

山田澄香はほほえましそうに笑っている。

菜都実もお椀をもらった。芋煮を食べるのは初めてだ。

醤油ベースのあつあつのお汁に小芋、こんにゃく、まいたけ、長ねぎ、そして牛肉が入っている。

ほこほこと煮上がった小芋にはきのこの旨みや長ねぎの香味がしみ、ねっとりもっちりした食感だ。

こんにゃくの歯ごたえも楽しい。

何よりもおいしいのはやはり牛肉だった。

すごくいい牛肉なのだ。

もしかしてこれに予算が取られたのではと思ったが、そうではなかった。

芋煮に関しては三木さんの自腹だそうだ。

何かの折に三木さんから芋煮について聞いていた人が多く、三木さんは三木さんで機会があれば食べさせてあげるよ、とずっと言っていたらしい。

ようやくその念願が叶ったのだと三木さんは嬉しそうだ。

おたまを持ったまま、味つけについて説明する三木さんは芋煮愛が炸裂《さくれつ》している。

本来、山形地方の芋煮はもう少し甘いそうだ。だが、三木さんの家では砂糖は控えめ、隠し味に味噌を少し入れるらしい。

なるほど、基本的に甘辛い味だが、甘過ぎはしない。

野菜と牛肉に醤油のコンビネーションはすっきりした味わいで、いくらでも食べられそうだ。

「栗ごはんが炊きあがりましたー」

芋煮に合わせて運ばれて来たのは栗ごはんだった。

こちらはもちろん、おりおり堂のものだ。あんなに食べて飲んだのに、大きな栗の入ったつやつやのごはんがあまりにおいしそうで、菜都実は芋煮をおかわりし、栗ごはんもいただいてしまった。

ほくほくに炊きあがった栗は甘く、ごはんの塩加減も絶妙だ。何よりも芋煮とよく合う。

「あーお腹《なか》いっぱい」

三木さんはもちろん、社長や年嵩《としかさ》のドライバーも中堅も若手も事務の女性たちも食堂のおばさんも皆が笑顔だ。

時折、顔を出す勤務前のドライバーたちも芋煮と栗ごはんをおにぎりにしたものを喜んで持って行った。

別れの会なのに、とても賑《にぎ》やかで楽しくてあたたかい思いに溢れた時間だった。

最後は、花束を持って笑顔で去る三木さんを全員で見送った。

後日、挨拶がてら営業所に顔を出した三木さんと話す機会があった。

「芋煮、初めて食べたんですけど、すごくおいしかったです」

菜都実が言うと、嬉しそうな顔をした三木さんはまた芋煮について語り始めてしまった。

ひとしきり話して、三木さんは目を細める。

「それも全部あの料理人さんのおかげなんですよ。あの人を連れてきてくれて良かった。臼井さん、本当にどうもありがとう」

三木さんは、まさかあそこで芋煮ができるなんて考えてもみなかったそうだ。

三度の打ち合わせで、仁にどんな料理を出したいかと訊かれた三木さんは、いくつか希望を挙げた。

予算のこともあるし、何よりも皆にお腹いっぱいになって欲しいというのが三木さんの願いだったのだ。

「三木さんらしいですね」

菜都実が言うと、三木さんは恥ずかしそうに肩をすくめる。

「どうもね、一方的に送られるなんてのは性に合わなくて」

仁は参加者の年齢構成や普段の食の好みなども南田君や食堂のおばさんから聞き取っており、その上で三木さんの希望とすり合わせていった。

さらに、あなた自身の好物はなんですか？　と訊かれ、三木さんは戸惑《とまど》ったそうだ。

「好物ったってね、そりゃどう考えたって芋煮なんだけど、料亭で修業した料理人さんにそんなこと頼めないでしょう」

しかし、仁はそれを実現させてしまったというわけだ。

『骨董・おりおり堂』でその話をした時、桜子は出かけており、山田澄香一人が店にいた。三木さんやみんながとても喜んでいたと聞いて、山田澄香はとても嬉しそうだった。

「橘に伝えますね」

そう言う彼女に菜都実は気になっていたことを訊いてみた。

「あの、澄香さん。大変じゃないですか？　骨董と出張の両方をこなすのって」

山田澄香は、あーっと言って頭をかいた。

「実はそうなんですよね。スケジュールがかち合うことも多くて、どっちつかずっていうか」

言いながら彼女の表情が曇《くも》っていく。

「このままじゃどっちも中途半端な仕事しかできないんじゃないかなって……」

ひとりごとみたいに小さな声でつぶやく言葉を聞いて、菜都実はかすかな胸の痛みを覚えていた。

三木さんの送別会の日、山田澄香と仁の姿を見ていた菜都実にはよく分かる。

この二人は息がぴったりなのだ。二人がアイコンタクトを交わす瞬間を何度か目撃したが、目を合わす必要もないくらいだ。

互いの呼吸を熟知《じゅくち》している。

だが、それだけではないようだ。

女の勘だろうか。普段はあまり働かない菜都実のそれが告げている。

この二人は思い合っている！

確信した。絶対的な信頼《しんらい》と、そしておそらく山田澄香には、いや仁の方にもだ。

互いに相手に対する好意があるのだ。

いいなあ……。

菜都実はその姿を見ながら、ぼんやりと考えていた。

今、菜都実には恋人と呼べる人はいない。

じゃあ、過去はどうだったっけ？　と、これまで付き合った何人かを思い浮かべてみる。

喧嘩《けんか》別れした人は言うまでもなく、納得《なっとく》して別れたはずの人もいる。

どの人を思い出してもダメだ。菜都実はこの二人のように息の合う相手に巡り会えたことなどないのだ。

だけどそれ、恋人だけじゃないかも——。

同性の友人だって同じだ。

親友と呼べる彼女たちとの間でさえ、言葉を尽くしていても誤解が生じることがあるのだ。

アイコンタクトだけで分かり合おうなんてとんでもない。大事故を起こしてしまいそうだ。

こんなに分かり合える相手なんて、そうそういない。

そんな二人がタッグを組んでいるのだ。『出張料亭・おりおり堂』も山田澄香にとって『骨董・おりおり堂』と同じぐらい大切なはずだ。

三木さんの送別会以来、菜都実は完全に仁に対する評価を変えていた。

彼が料理とそれを口にする人たちへ深い愛情を抱いているのがよく分かったからだ。

「あの、澄香さんは仁さんと結婚なさるんですか？」

あえて無邪気な感じで訊いてみる。

菜都実の言葉に、山田澄香は見る見る赤くなり、続いて青くなった。

「いや、何を。そんな。はひぃ、い、いえ。そんな滅相もない」

意味不明の言葉を口にしながら、ぶんぶんと手をふっている。

「あ、ごめんなさい。不躾《ぶしつけ》でした。でも、二人の息があまりにもぴったりだったので、そうだったらいいのになと思って」

「わ、わ。ありがとうございます。しかし、なんと言いますか、その。私のような者がそんな大それた夢を抱いては、仁さんに失礼かと」

「うーん。そんなことないんじゃないのかなあ」

動揺《どうよう》しまくり、挙動不審としか言いようのない山田澄香の姿に思わず苦笑しながら菜都実は首を傾げてみせる。

「仁さんにとって、澄香さんってかけがえのないパートナーなんじゃないんですか」

「い、いや。そんな、まさか……」

山田澄香は、ははは と引きつった笑いを浮かべたが、ふと真顔になった。

「もしそうだったらいいなあと思ったんですけど、ダメなんです。私じゃダメなんです」

「え、なんで？」

「結婚というのは、また違うんじゃないでしょうか」

何が違うのかは分かりませんけど——。

そう付け足して、へにゃっと笑う山田澄香の顔はどこか寂しそうだった。

そういうものなのだろうか。独身の菜都実にはよく分からなかった。

菜都実としては、『骨董・おりおり堂』の居心地の良さが大切だ。

これからもずっとそうであって欲しい。

けれど、その場合『出張料亭・おりおり堂』は完全な形で営業できるのか。

二人の息の合った姿を見ると、考えてしまう。

部外者が悩んでも仕方ないのに、思わずうなってしまった。

十一月の初旬、菜都実は車で街を流していた。

タクシーの仕事を始めたばかりの頃はなかなか客を見つけられず、気付いた時には行き過ぎていたりもした。

タイミングが難しく、なかなかうまくいかなかったのだ。

それでも徐々に徐々に、客を拾うことができるようになり、今ではタクシーを探している人の雰囲気が分かるようになってきた。

街角に立ち手を挙げている女性を見て、菜都実は減速する。遠目にもはっきり分かる美人だった。

「どちらまで参りましょうか？」

菜都実の問いに彼女は言った。

「骨董おりおり堂というお店までお願いします」

意外な答えに嬉しくなる。おりおり堂を指示されたのは初めてだった。

「素敵なお店ですよね」

相手の目的や店との関係などが分からないので、控えめに言ってみる。

「あら。運転手さんご存じですの？」

美女は微笑した。恐ろしく美しいのに、どういうわけか菜都実はぞっとするものを感じた。

え、どうしてだろう——？

そう感じたものの、何かの間違いだろうと慌てて打ち消す。

口許のほくろが印象的な美女はふっと笑った。

「私、以前にお友達のお家で出張料亭の方々にお目にかかったことがあるんです。素晴らしいお料理でしたわ。だから是非、骨董のお店にも伺ってみたいと思って」

「ああ、そうですよね。私もどちらも大好きです」

ひとしきり二つのおりおり堂の話で盛り上がったところで、美女が言った。

「仁さんのお料理ももちろんですけど、あのアシスタントの女性、山田さん？　彼女の力も大きいですよね」

「本当にそうですよね。彼女は骨董の方にとってもなくてはならない存在なんです」

思わず力が入ってしまった。

菜都実の言葉に、美女は「あら」と言った。

「運転手さん、よくご存じなんですね」

カフェの常連だと言うと、そうですか、と微笑を浮かべてうなずく。

だが、バックミラー越しに見る彼女の笑みがどうにも不穏《ふおん》だ。

謎めいた微笑とでもいうのだろうか。何か企んでいるようで、少し怖《こわ》い気がする。

何だか背中が寒い。

そう思ってみると、彼女の全身から何か妖《あや》しげなものが立ち上ってくるように思えるのだ。

これまで色んなお客を乗せた。

中には明らかにカタギでない人も、もしかすると薬物の影響下にあるのでは？　と思われるような人もいた。

だが、彼女はそんなタイプではない。

ただ、言葉と表情と身体から滲《にじ》み出る雰囲気が、微妙にずれていて一致しないのだ。

彼女と過ごす時間が長くなるにつれ、違和感が増していく。

こんなことは初めてだった。

「でも、それじゃあ山田さんも困っているのかも知れませんね」

「え。何がでしょう」

美女はゆったりとシートに身を預けた。

「だって、どっちもだなんて無理じゃないですか。欲張りだわ」

うふふと彼女は笑ったのだろうか。

菜都実の耳にまとわりつくように不気味な音が響いていた。

ポーカーフェイスと悪魔《エル・ディアブロ》

十月終わりの金曜日。時刻《じこく》は二十三時。

橘孝はスーツの上着を椅子の背にかけ、ネクタイをゆるめリラックスした様子で足を組んで腰かけている。

今夜は海外の投資家たちと情報交換を目的とした会食をして、先ほど帰宅したところだ。

トランプのカードを繰る。プラスティック製のカードが冷たく指に触れる感覚が孝は好きだ。

「おや。カードですか」

お茶を運んできた執事《しつじ》の須藤《すどう》が目にとめ笑う。

「ん。ちょうど良かった。ちょっと頭を整理したいんだ。少し付き合わないか？」

「ええ、喜んで」

窓辺に置いたティーテーブルを挟んで、須藤と自分の前に順にカードを配っていく。

リビングの照明は落としてある。

テーブルの上に置いた緑色のシェードが特徴的なスタンドが手許を照らしているだけだ。

今夜の客人は北米、欧州、アジア、ロシアといった様々な国の人たちで、急に留学時代のことが懐かしく思い出され、久々にトランプを取り出したのだ。

学生寮では色んな国からきた留学生たちとよくポーカーをした。言葉や文化背景が違っても共に楽しむことができるからだ。

賭《か》けの対象は面倒な自治当番やデザートといった他愛のないものだったが、楽しかった。

そんなわけで帰国後も孝は何かにつけてポーカーをして遊んでいた。

もっとも、金銭を賭けることはできない。明確な法律違反だからだ。

ここだけの話だが、紳士《しんし》たちの会合においては金銭を賭けることは珍しくなかった。

それはギャンブルというよりも秘密の遊興といった性質のものなのだが、そこに参加することははばかられた。

そんな孝を頭が固いだの、融通《ゆうずう》がきかないだのと揶揄《やゆ》する声が聞こえてきたが、たとえ公《おおやけ》にはならない仲間内の遊びといえども、一切の法律に反したくないというのが孝の性分なのだ。

そんなわけで、主な遊び相手は須藤となっていた。

加えて孝はマルチタスクをこなせる人間である。須藤には悪いが、ポーカーで遊びながら同時に別のことを考えているのが常だった。

カードを眺めながら戦略を立て、相手の出方をうかがう。そのすき間に思考の整理をするのが非常に有効なのだ。

まずは一つ目の勝負の出だしだ。

さて、何が来たかなと手札を見ている須藤の顔色をうかがう。

緑色のライトの反射を受けて浮かび上がる彼の顔は嬉しげにも見えるし、落胆しているようにも見える。

顔面七変化。孝はポーカーの際の須藤のことを密《ひそ》かにそう呼んでいた。

表情がひんぱんに変わるせいで、彼の手札を読むのが難しいのだ。

ちまたでポーカーフェイスとよくいうが、あれは大抵、無表情だったり、顔に感情が表れないタイプを指している。

しかし、実際のポーカーでは必ずしもそればかりが有利ともいえなかった。

通常の場合、ポーカーは一回ごとに勝負がつくのではない。ゲームごとにチップを賭け、最終的にその獲得数が最も多かった人間の勝ちとなる。

自分に配られた手札が不利と思えば、早々にゲームを降りて次の勝負に賭けることもできるのだ（もちろんチップは勝者のものになる）。

相手に戦意を喪失させるのもテクニックの一つだ。

あるいは、わざと顔色を悪くして、そわそわと落ち着かない風をよそおう。

ああ、あいつの手札は悪いんだなと思わせておいて、大した手を持たない相手を調子に乗らせ、賭け金を吊り上げるのだ。

ポーカーには「役」と呼ばれるものがある。

スペード、ハート、ダイヤ、クラブと模様によって強い順番が決まっており、エース、キング、クイーンの順で数字の優劣もある。

その上で数字の並びやペアの数、または模様が揃《そろ》ったりしたものが「役」なのだ。

いざ手札の披露の段になって、浮かない顔をしていた男が実はかなりの「役」を持っていて、大勝ちなんてこともあるわけだ。

ポーカーが心理戦と呼ばれるゆえんだ。

賭けるチップの数や手札の交換回数、どこで勝負に出るかなど、相手をあざむき、攪乱《かくらん》し、自分の思惑《おもわく》通りにことが運ぶよう画策するのだ。

須藤はこの攪乱がうまい。飄々《ひょうひょう》と見せているのは抜かりなく計算された表情なのだ。

須藤を侮《あなど》ってはいけない。非常に老獪《ろうかい》な男だと孝は思っていた。

「なあ、須藤。俺は何を忘れているんだろうな」

「と、おっしゃいますと？」

「回鍋肉《ホイコーロー》だ」

チップを示し、テーブルの上に置きながら言う。

「ホイコーロー」

須藤が何とも言えない表情で繰り返した。

回鍋肉。それはこの秋、孝の前に突然降って来た謎だ。

孝は九月をまるまる一ヶ月、時間を司《つかさど》る神に差し出した。

いや、そんな神がいるかどうかは知らないが、およそ四万三千二百分。この時間が自分のためのものじゃなかったことだけは間違いない。

有意義なものだったのか、はたまた無駄《むだ》なものだったのか、その答えはまだ出ていない。結果が出るのはこれからなのだ。

孝の目的はただ一つ。仁の奪還《だっかん》である。

孝は我が身を犠牲《ぎせい》にしてでも仁を取り戻し、橘グループ次期総帥の座につけたいと考えていた。

現在のところ、次期総帥と目されているのは孝だ。だが、孝は自分よりも兄である仁の方がはるかにふさわしいと考えているのだ。

しかし、そこには大きな障壁が立ちはだかっていた。

まず、邪魔者《じゃまもの》が二人。山田澄香と雨宮虎之介。彼らこそが仁をそこに縛《しば》りつける邪悪な人間たちである。

こいつらが厄介《やっかい》だった。

山田澄香はあろうことか仁に恋心を寄せ、じっと仁を見つめているのだ。

見つめているといえば聞こえはいいが、ヤツのはそんなかわいらしいものではなかった。ゾンビのように挙動不審な態度で仁の回りをうろついている。うっとうしい。この上もなくうっとうしい女だった。

一計を案じた孝は捨て身の戦法に出た。この女を誘惑し、自分に目を向けさせようとしたのだ。

そうなればどこか遠くの山に捨ててきても問題ないだろうと思ったからだ。

だが、この作戦はあえなく失敗した。いや、孝が悪いわけではない。相手が変人すぎたのだ。

どんな一流ホストにだってゾンビを誘惑することはできないだろう。つまりはそういうことである。

問題児の二人目、雨宮虎之介。

こいつは今のところ、孝の予想に反してこれといった問題を起こしてはいない。自発的に和菓子屋にバイトに出かけたあたりは評価できた。

ついでにいうと、この一ヶ月、孝の師匠を買って出てスーパーに案内してくれたのも虎之介だ。彼は驚くべき想像力を発揮して、市井《しせい》の人々のカゴの中身を解説したのだ。

その意味では恩義がある。

だが、一方でこの虎之介、国籍不明、年齢不詳、顔だけはやたらかわいい、自称記憶喪失なのだ。

時限爆弾のようなものだ。いつ、何をしでかすか知れたものではない。どうしたって警戒を怠るわけにはいかなかった。

そもそも仁という男、昔から捨て犬や捨て猫を放っておけないたちなのだ。

行き場のない記憶喪失と挙動不審のゾンビがいる限り、こいつらを切り捨てて橘に戻るなんて非情な選択はできないだろうと思われた。

しかし、ここに孝のジレンマがあった。

仁の憂慮を断ち切るために、彼らを山に捨ててくるのは簡単だ。心を鬼にするまでもない。

ところが、孝には何にも優先して仁の信頼を獲得しなければならないという使命があるのだ。彼らに対しひどい扱いをしたというのがバレてはまずい。

信頼。普通の兄弟にならば当然にありそうなものだが、孝にとってはそれを得るのが最難関だった。

正直に言おう。孝は兄からまるで信頼されていなかった。

いや、いい。泣いていない――。

それでも自分はやらねばならないのだ。

これまで孝はポーカーをすると大抵ツいていた。めったに負けることがない。

いわばツキに恵まれた男なのだ。留学時代にはラッキーマンと呼ばれていたほどだ。ポーカーには心理戦の側面も確かにあるが、配られたカードの手が抜きん出て良ければ、よほどのことがない限り勝つ。

現実の立場だって同様だ。孝は圧倒的な知力、財力、組織を持つ身である。そもそも負けることが珍しかった。

しかし、今、孝の手にある手札は悪い。最悪といってもいいかも知れない。

特に問題なのが仁本人だった。これがまたまずいことにポーカーフェイスなのだ。須藤と違って、本来の意味の方である。感情を表に出さないうえに口数が少ないときている。つまりは仁が何を考えているのかまったく分からないのだ。

もしかすると、橘に戻る気なんて仁には百パーセントないのかも知れない。そりゃあもう孝の説得になんか耳を貸さないくらいに橘を嫌っている可能性だってあるのだ。

しかし、その逆もまたしかり。戻れるのなら戻りたいと内心で考えているかも知れないではないか。

そんなの本人に訊けばいいじゃないかと思うかも知れない。孝だってそう思う。だが、それはできなかった。

長年にわたり仁とは超絶不仲《ふなか》なのだ。ほとんど話をしたこともない状態で、いきなり腹を割って話し合いを、というわけにはいかなかった。

急《せ》いては事をし損じる。

気の長い話だがまずは信頼を得て、話ができるようなところまで関係を修復しなければならないのだ。

その上で言葉を尽くして仁を説得。

それが九月の四万三千二百分、孝に与えられたミッションだった。

策を弄《ろう》するところは弄するが、最大の武器はおのれの誠実さと熱量のみ。

志だけは高く、仁をこの手に取り戻すために、見習いの立場に身をやつし、『出張料亭・おりおり堂』に潜入《せんにゅう》したのだ。

はねつけられるかと思ったが、いざフタを開けてみると、歓迎されこそしなかったものの、仁は孝に対しあからさまに拒絶はしなかった。

しかし、ことは料理である。

なんで自分が料理なんかと思ったが、相手が料理人なので仕方がない。

孝は奮闘《ふんとう》した。

初心者がいきなり料理に手を出しても失敗する。というか、そもそもが誠実な態度をアピールするのが目的だ。孝は一ヶ月間、おりおり堂の雑用にいそしんだ。

命じられたことはもちろんきちんとこなし、その上でプラスアルファを付け足す。

更には、指示待ちではなく、自分にできることを自ら探して働いた。

孝が目指したのは、気難しい伝説の剣豪に弟子入りすることを目標に、日参しては雑務にいそしみ、ある日ようやくその熱意を認められ、入門を許される少年マンガの主人公だった。

そんな態度が功を奏したのか、伝説の剣豪ならぬ、料理人である兄の仁は割と簡単に納得した。

課題を二つ出してきたのだ。

結局、孝は一月の間、雑用をしながらこの課題と向き合うことになった。

その合間には時折、出張料亭に同行を許されることもあり、まかないとして仁や桜子が作る手料理にありつく機会もあった。

いっそ割り切ってバカンスだと思えばそれはそれで楽しい時間だったのだ。

そして、いよいよ見習い最終日を迎える。

『骨董・おりおり堂』の奥の住居部分の和室で、孝は仁と向かい合っていた。

与えられた課題の答えを出す日がきたのだ。

ただし、これは見習いの卒業試験などではない。

これから仁に料理を教わる条件としてクリアしなければならない課題だ。いわば、孝に入門する資格があるかどうかの、入口の方の試験なのだ。

「自分にとって料理とは」

「料理に不可欠なものは何か」

その二点である。

それにしてもなんだこのシチュエーションは、と孝は内心落ち着かない。

何故か着流し姿の仁の前で、いつものごとく高級スーツを身にまとった状態で正座《せいざ》しているのだ。

何とも気恥ずかしい。

気恥ずかしいのは答えも、である。

「自分にとっての料理とは？」

仁の問いに対し、孝が当初、用意していた答えは「愛情」だった。

自分への愛情、食事を共にする誰かへの愛情、食材への愛情と考えたのだ。

しかし、これでは――。

孝は考えこんでしまった。

口にするのが恥ずかしいのもあるが、それより何より、これでは桜子おばあさまが言った「大切にすること」の焼き直しのような気がする。言葉を言い換えただけではないかと思ったのだ。

さらにタイミングがまずかった。

実は前日の夕方、ちょっとした事件があったのだ。

結果、孝は仁に不信感を抱いていた。愛情なんて歯の浮きそうな言葉を空々しく口にすることなんてとてもできそうになかったのだ。

これに先立つ五日前。

孝はホテルのバーで、「月下美人《げっかびじん》の君」と待ち合わせをしていた。

「月下美人の君」、名は丹羽《にわ》エリカという。

月下美人とは華やかな花をつけるサボテン科の植物だ。

九月九日、重陽《ちょうよう》の節句《せっく》。出張料亭で出かけた常連客の家で、孝は初めてその花を見た。

その家の主《あるじ》、アミーガ・Death《デス》・ドンゴロスという元プロレスラーの巨漢《きょかん》は博識な男？である。

その彼（？）が、月下美人の花言葉を教えてくれた。一年に一度しか花が咲かないと誤解されているせいで、その花言葉は「儚《はかな》い恋」や「ただ一度会いたくて」とされているそうだ。

月光を浴び、白く輝く花は神秘的だが、魔性のようだとアミーガは言った。

アミーガをして野暮天《やぼてん》だと評された孝にはぴんとこなかったが、彼（？）はこの花を見ていると、ほの暗い感情をかき立てられるのだという。

美麗さを独り占めしたいという思いに駆られながらも、同時にどこか怖い――。

アミーガはこの花をそう評した。

丹羽エリカという女に対する孝の印象がまさにそれだ。

華やかでいて、どこか儚げな容姿もあいまって、孝の中では月下美人と丹羽エリカの双方が分かちがたく結びついていたのだ。

エリカとその夜の逢瀬《おうせ》を約束したのは少し前のことだ。

彼女のコンサートがあったのだ。

彼女は一応、プロのピアニストだ。しかし、チケットをさばくのに難渋しているようで、孝は複数枚を買い取った。

買ったチケットは知り合いにばらまいたが、一応孝自身も顔を出すことにした。

そこでこの夜の約束を交わしたのだ。

別に見返りを求めているつもりはなかったが、まあ断れないだろうなとは孝も思っていた。

そこに付け込んだ部分も確かにある。しかし、そのまま恋愛ゲームに持ち込もうとか、そうした下心があったわけではない。

正直なところ、孝自身、どうしたいのか分からなかったのだ。

ただ、一つ明確に意識していたことがある。

仁だ。

孝がエリカと初めて会ったのは出張先でのことだ。

宇山《うやま》という顧客宅でミニコンサートが開かれ、そこでの料理を『出張料亭・おりおり堂』が作ることになったのだ。

その折、仁はエリカに見とれていた。少なくとも孝の目にはそう映った。

エリカの方もまた、潤《うる》んだ黒い瞳でじっと仁を見つめていた。

我が兄ながら仁は相当な美丈夫《びじょうふ》だ。

そして大輪《たいりん》の花のごとき美女、その二人が見つめ合っているのだ。

それはそれは美しい絵のようだった。文句なしに似合いの二人だといえるだろう。

山田澄香が仁に恋しているのは分かっている。

仁の方にも山田に対するそれなりの好意がありそうなことも見て取れた。

何しろ、孝が仁に弟子入りした目的の一つは、仁と山田がまかり間違って付き合い始めたりしないように監視《かんし》するためでもあったのだ。

徹底的に二人を観察していたのだから間違いない。

そんな状況で、エリカに興味を示す仁に、何故だと思う気持ちがなかったというと嘘になる。

なんでだよ仁。山田はどうしたんだよ、あの挙動不審のゾンビは——。

思わず自分の立場を忘れ、叫びそうになったのだ。

だが、考えてみれば分かることだが、人が恋に落ちるのは理屈《りくつ》ではない。理詰めでコントロールできるようなものではないのだ。

仁らしくもない仁の姿に、一瞬、我を忘れたが、すぐに孝は立ち直った。

元々、孝の目的の一つは仁と山田の恋路の邪魔をすることだった。いや、正確にいえば、あの二人の関係は恋と呼べるほどにも進展していなかったから、その芽をつむだけのことだ。ついでにコンクリートを流し込んで、二度とそのようなものが芽吹かないよう、念には念を入れて潰《つぶ》しておこうと思っていた。

ならば、この状況を使わない手はない。

孝は月下美人の君、丹羽エリカを利用して山田澄香から仁を奪還する作戦を立てたのだ。

もちろん、孝自身にもエリカに対する興味がなかったわけではない。

しかし彼女と向かい合っていると、どういうわけか孝は恐怖を覚えた。

黒目がちの瞳を見ていると、気が遠くなりそうで、意識を保っていると冷や汗が出てくるのだ。

自分の名誉のためにいっておくが、孝は決して美女が苦手なわけではない。エリカと同レベルの美女と付き合うことだって珍しくはなかった。

ただ、この丹羽エリカという女を見ていると、わけの分からない恐怖が身体の中で立ち上ってくるのだ。

これは一体どういうことなのか？

考えても分からなかった。

しかし、自分とは違い、仁は彼女と見つめ合っていたのだ。

仁の様子を見る限り、恐怖を感じている風ではなかった。

きっと、俺のはアレルギーみたいなものだな――。孝はそう考えることにした。

アレルギー体質の人はたとえば卵や小麦など、他の人にとってはごく当たり前の食材でも反応が出てしまうのだと聞く。もしかすると、エリカの化粧《けしょう》とか香水《こうすい》とか持ち物などにアレルギー反応が出ているだけかも知れない。

孝はそう考え、おのれを納得させることにした。

暇を持て余した道楽貴族ではないのだ。難攻不落の城を落として楽しむなどといった火遊びにふけるつもりはない。となれば、孝の取るべき道は一つ。

仁と彼女の仲を取り持つだけである。

山田澄香排除のためだ。

仁を橘グループ総帥として迎えるにあたり、邪魔な山田をどこかへやらねばならない。

仁の手前、山に不法投棄できないのは既に説明した通りだ。

山田は鈍感だった。

身の程知らずの恋に気づいて、自ら身を引こうなどと殊勝《しゅしょう》な考えを持つはずもない。

ならば、仁がエリカとくっつく様を目の前で見せつけてやればいいのだ。

そうなれば、いかに奇行の主の山田といえど、さすがに仁を諦めざるを得ないだろう。

あのゾンビ女にエリカと闘《たたか》うだけの気概《きがい》があるとは思えない。

「しかし、だ」

エリカとの逢瀬を前に、孝は考えを巡らせていた。

「ミイラ取りがミイラになってしまっては元も子もないか」

確かにエリカほどの美貌ならば、将来の橘グループ総帥の伴侶《はんりょ》に相応しい。

だが、そうとばかりも言えない事情があった。

エリカの経歴に不審なものがあるのだ。

そんな素性の怪しい女と仁を結婚させるわけにはいかない。

仁と付き合うところまでは許容範囲だ。だが、結婚は許されない。

それをエリカに含めておくために、どう話を切り出せば効果的なのか。

スティンガーという名のペパーミントとブランデーのカクテルを飲みながら、孝はずっと考えていた。

ちなみにスティンガーとは皮肉屋という意味だ。カクテル言葉は「危険な香り」。

「危険な香り、ね……」

エリカを待ちながら、暇つぶしに眺めていた『見習い日誌《にっし》』を脇にやり、孝はつぶやく。

数時間前のできごとを考えるともなく思い返していたのだ。

夕方、『骨董・おりおり堂』の奥の住居部分で縁側《えんがわ》の窓枠に雑巾《ぞうきん》がけをしていた孝は仁に呼び止められた。

「孝」

ここへ来て、こんな風に名前を呼ばれるのは初めてだった。

飛び上がらんばかりに嬉しい気持ちを押し隠す。

おいおい。平常心だぞ、橘孝。

おのれにそう言い聞かせつつ振り返る。

「何だ？」

意外に近いところに顔があってびっくりした。

仁は腕組みをして立っている。

何ともいえない厳しい表情だ。

ここに至るまでの長い年月、何度か殴《なぐ》り合いの喧嘩をしたことがあった。

つい反射的に身構えると、仁はため息を一つついた。

続いて出て来た言葉は意外なものだった。

「お前、彼女のことをどう思ってる？」

仁はそう言ったのだ。

彼女？　誰のことだろうと一瞬、考えてしまった。

「えーと、山田さん？」

んなもん、あんなヘンな女、どうもこうもあるか――。

そう言いたいところだが、そこは大人なので黙っておく。

はっ。まさか、このわたくしが、あのゾンビ女に惚れているとか、まさか、そんな誤解をしているわけではあるまいな、仁。

おいおい冗談はよしこ先生、という古いギャグが脳裏に流れてくるくらいにはショックだった。ひどい誤解だ、と口を開きかけた瞬間、仁が言う。

「そうじゃない。丹羽エリカだ」

あ、そっちか――。

思わずほっとしたのも束の間、なんで仁がそんなことを？　という疑問が湧く。

「どう思うってなんだよ。別にどうだっていいだろ。あんたには関係ないじゃないか」

長年のクセでつい喧嘩腰になってしまう。

孝の言葉に仁が一瞬、顔を歪めた。

まずいな、今、計画を破綻《はたん》させるわけにはいかない。

分かってはいるのだが、頭に血が上ってしまい、矛《ほこ》を収めるのが難しかった。

まったく、仕事の話ならいくらでも腹芸《はらげい》が出来るのに、仁が相手だと冷静さを失ってしまう。

いけないと思いながらも鋭いまなざしを向ける孝の胸を軽くついて、仁は言った。

「彼女には関わるな」

短く低い声が孝の耳に響く。

「おい、どういう意味だそれ」

思わず仁の胸倉を摑《つか》む。

「言葉通りだ。他意はない」

仁の言葉に、孝は「はっ」と吐き捨てるように笑った。

なんてことだ。なんてテンプレ通りのセリフだ、仁。そう思ったのだ。

まるでいきがった高校生みたいじゃないか。

見損なったぞ、仁。

お前、そこまでつまらない男なのか。

そんな言葉が頭の中に浮かんだ。

「牽制《けんせい》ってことか？　俺がエリカに手を出すとでも？」

「どうとでも取ればいい。とにかく彼女には絶対に近づくな」

仁は胸倉を摑む孝の手をふりほどくと、足音も荒く立ち去ったのだ。

その後、孝がエリカと会う約束をしていることを仁は知らなかったはずだ。

なんでこのタイミングでこんな、とは思ったが、いくら仁の言葉とはいえ、はいそうですかと引き下がるわけにはいかない。

「何を考えてらっしゃるの？」

隣から声をかけられ、孝ははっと我に返った。

「ああ、失礼」

相変わらず美しい。

黒目がちの彼女の瞳はホテルのバーの照明を浴び、きらきらと輝いている。

まさしく宝石のようだ。

だが、その宝石には毒がある。

孝にとっての毒だ。

同じ毒が仁にとっては蜜《みつ》のように甘美なものに感じられるのだろうか。

そんなことを考えていた。

エリカが頼んだのはエル・ディアブロ。

悪魔という名の赤いカクテルだ。

ロンググラスに満たされたその液体をエリカはストローで飲んでいた。

濃いベージュの口紅《くちべに》で彩られた唇。

彼女にはストローを嚙む癖があるようだった。ひしゃげたストローがふみにじられた何かのようで、気がめいる。

その時、孝の脳裏を過《よぎ》ったのは挙動不審のゾンビ女の姿だった。

「単刀直入《たんとうちょくにゅう》に訊きます。橘仁をどう思いますか?」

「あら、お兄様? あなたではなく?」

エリカの瞳が黒々と輝く。

唇が横一文字に開き、彼女は笑った。美女には相応しくない、にたりという擬音を伴った気がして、孝はびくりと肩をはねさせた。

「そうね。とても興味深いわ。あなたもお兄様も二人とも」

そう来たかと思った。

しかし、意外だ。この女、昼間のパーティーで出会った際に孝が抱いた清楚《せいそ》な印象がどんどん薄れていくのだ。

まるで娼婦《しょうふ》でも相手にしているような気分になる。

ここへ来るまで、孝は色んなパターンを想定していた。

相手の出方を見極めながら話を進めようと思っていたのだ。

孝はカクテルを飲み干《ほ》し、おかわりを頼むと言った。座り直し、ビジネスのそれに態度を変える。

「取引をしたい」

「取引？」

エリカは小首を傾げる。

「仁を誘惑してくれればあなたが望む通りのポジションを約束しよう。コンサートはもちろん、海外に活躍の場を拡げるための有力なパトロンを紹介してもいい」

「へえ」

エリカは彼女らしくもない低い声で言うと、ゆっくり瞬《まばた》きをした。

「魅力的なお話ね」

「その代わりといっては何だが、その関係は一夜限りにとどめて欲しい」

「一夜限り？」

「いや、それが難しいなら期間は問わない。愛人ならばいい。だが、どんなことがあろうと仁と結婚できるとは思わないでくれ」

エリカはくっくと笑った。

「あなたは彼のマネージャーか何かなのかしら」

「バカな。戦略上必要な駒《こま》だというだけだ」

「そうなの。さあて、どうしようかしら」

獲物を弄《もてあそ》ぶような口調で言う。

どろどろと甘ったるい声がまとわりついてくるようで不快《ふかい》だった。

口許のホクロを見ていると、そのままふらふらと飲み込まれてしまいそうだ。

悪酔いでもしたみたいな気分だ。

しかし、孝は酒には強い方だ。この程度の酒で酔うはずなどなかった。

エリカはグラスを持ち上げ、明かりに透かすようにした。

「エル・ディアブロ。このお酒のカクテル言葉を知っていて？」

「いや……」

まったく――。孝は苛立《いらだ》つ。

女というヤツはどうしてこうもカクテル言葉が好きなのか。

皮肉屋《スティンガー》が「危険な香り」。ならば悪魔の名を持つこれは果たしてどのようなカクテル言葉を与えられているのか。

目の前の美女の毒に当てられて、麻痺《まひ》したような頭の隅で考えている。

ふふっと笑う女の声が聞こえた。

「気をつけて、だそうよ」

一瞬、言われた意味が分からなかった。

次の瞬間、エリカは立ち上がり、するりとスツールから降りていた。

「その取引は魅力的だけど、そもそも最初から成立しないのよ。エリートさん」

どういうことだと振り返ると、いつの間にそこにいたのか、背の高い男が立っていた。

驚く孝に見せつけるようにして、エリカは男に腕を絡ませていた。

「さ、仁。行きましょうか」

ほほえみながらエリカが見上げる視線の先を見て驚く。

「仁？」

嘘だろと思った。

しかも、この一ヶ月間、孝がついぞ見たことのないスーツ姿だ。

我が兄ながらほれぼれするような立ち姿だったが、もちろんそんなことを喜んでいる場合ではない。

「行くぞ」

耳に馴染んだバリトンがエリカを促す。

自分が聞き間違えるはずもない。

それは間違いなく仁だった。

数日の間、朝を迎える度に孝は何ともいえない気分で目を覚ました。

夢でも見たのかと何度か考えたのだが、残念ながらあの夜の出来事は現実だった。

あの二人、いつの間に付き合い始めたのか。

「まったく」

冷蔵庫からミネラルウォーターのボトルを取り出し、キャップを捻《ひね》る。

あれじゃ俺がとんだ道化じゃないか――。

いや、そんなことはどうでもいいのだと思い直す。

まあ、仁だって大人なのだ。驚くことはないのかも知れない。

「ってか、良かったんだよな……」

取引を持ちかけるまでもなく、二人が出来ているのなら、孝にとっては喜ばしいことなのだ。頭ではそう理解しているのだが、どうにも釈然としない。

山田はどうした、仁。

お前らの間にあったはずの好意はどうなったんだ。

そんな思いが胸のうちで大きくなる一方だった。

仁と山田を邪魔するために画策しているのは自分だったはずなのに、いざとなるとどうにも納得がいかないのだ。

なんだよ、どういうことだとぶつぶつ言いながらおりおり堂へ出勤（?）すると、何も知らないゾンビ女は今日も元気に挙動不審だった。

「おはようございます」

「ひっ、あっ。孝さん、おはようございます」

山田はいまだに孝を見ると、ひっとか、おわっとか妙な声を出す。

先日、イソノテルオという小学生に出会った際の威勢の良さは何だったのか。

孝の見るところ、山田は自分より目上や格上の人間の前では萎縮《いしゅく》するようである。

孝のように押しの強いエリートタイプの人間の前に出ると、怯《おび》えて後ずさりをするか、殻《から》の中に逃げ込むやどかりのような習性の持ち主なのだ、おそらく。

その反動なのか何なのか、年下の、というか自分より劣る存在に対してはヒャッハーとはっちゃける。

イソノは小学生なので、存分にはっちゃけることができたのだろう。大人の女性の態度としてはいかがなものか。

やどかり女は仁と行き合って「おはよう」と笑いかけられ、その笑顔が眩《まぶ》しかったのだろう。身を固くしている。

見ているうちに、だんだん山田が哀れに思えてきた。

何が腹立たしいって、仁の態度だ。

山田の前では相変わらずなのだ。

あれだ。あの、今時中学生にもいないのではないかという、見ているこっちが恥ずかしく身悶《みもだ》えしそうな恋愛初心者ぶりの例のあれなのだ。

さっきも二人の目が合い、互いに恥ずかしそうにわざとらしく目を逸《そ》らせ、にもかかわらず未練《みれん》がましく視線を戻したところで再びぶつかるという、甘酸っぱいのか、面倒くさいのか、何だかもうよく分からないが、とりあえず、ああ、もうっとこっちが頭をかきむしりたくなるようなことをやっていた。

それはいい。

まあ、実際問題、孝は邪魔する立場の人間なので良くはないが、それだけならば生ぬるい目で見守ることだってできただろう。

しかし、陰でこそこそとエリカと密会しているとなると話は別だ。

仁はゾンビ女をからかって楽しんでいるのか？

漢一匹《おとこいっぴき》、橘孝。

こんな茶番は許せなかった。

孝の兄は、橘仁は、こんな非道な振る舞いをする男ではない。

仁の名誉を傷付けることは、たとえそれが仁本人であっても許されないのだ。

実際のところ、それは仁の名誉というよりは孝の抱いた理想の姿から逸脱《いつだつ》しているだけなのだが、とにかく頭に血が上った。

昨日の夕方の話だ。仁を捕まえ厨の奥の物置に連れ込む。

「おい。あんた、どういうつもりだよ。山田、いや山田さんはどうすんだよ」

詰め寄る孝に、仁はあからさまに顔を顰《しか》めた。

「お前にとやかく言われる筋合いはないだろ」

「とやかく言うわ。エリカと付き合うならそれは構わねえよ。あんたの勝手だからな。だけど、それなら山田は解放してやれ。あんなもてなさそうな女と二股かけるなんて人の道に反するだろうが」

仁は黙っている。

「彼女だって結婚するならそろそろタイムリミットだろう。弄ぶな」

くそう、なんで俺があのゾンビ女の弁護《べんご》をしなきゃならないんだと内心思いながら、孝はエキサイトしていく自分を止められない。

孝としても正直なところ、山田澄香に対する好意がないわけではないのだ。

いや、恋愛的な意味ではまったくない。

それは断じてないのだが、奇行の多いゾンビとはいえ、山田にだっていいところがないわけではない。

第一なぁ……。

孝はエリカとヴィーガンのレストランに食事に行った日のことを思い出していた。

エリカが美しすぎるせいなのか、はたまたアレルギーのせいなのか分からないが、孝は食事の間、ひたすら息苦しかった。

動悸《どうき》が激しくなって、呼吸が苦しいのだ。

さらには食事だ。エリカは小食で、好き嫌いがとても多い。

だからこそヴィーガン向けの店を選んだわけだが、それでも彼女の箸はなかなか進まなかった。

その食事はもはや苦行に近かった。

ようやく食事を終えて彼女と別れたところで、孝は偶然、山田澄香に出くわしたのだ。

その時に感じた安堵感をどう説明すればいいのか。

別に山田に興味はなかったが、毎日のように一緒にまかないを食べているのだ。その食べっぷりはどうしたって目にしてしまう。

山田澄香は大口を開けて、それはおいしそうに料理を食べた。

ちなみに孝が最初に作ったまかないは回鍋肉だ。

みんなはおいしいと言ってくれたが自己採点の結果は甘く見積もっても四十点だった。

その及第点にも満たない回鍋肉をほおばって、もぐもぐしているウォンバットのような顔を思い出すと、我知らず笑顔になってしまい、慌てて表情を引き締める。

何故だろう。

エリカと山田。

月とすっぽん、雪と墨《すみ》。そんなたとえがこれほどしっくりくる組み合わせもないようなものなのに、仁に相応しいのはどちらかというと、山田の方だという気がする。

いや、いかんいかん――。

孝はふるふると首を振った。

うっかり自分の目的を忘れそうだ。

山田を排除し、仁を橘グループに連れ戻す。

幸いエリカは計算高そうな女だ。話のつけようはいくらでもありそうだ。

仁だって、今だけ美女に目がくらんでいるだけのこと、そのうち目を覚ますだろう。

いや、待てよ――。

孝はその時、這《は》いつくばって床を磨《みが》いていたのだが、勢いよく顔を上げた。

そうだ。

仁がエリカに夢中になっている今、ヤツはこの上なく脇が甘くなっているのではないか。

ならば、この機に乗じて仁を『出張料亭・おりおり堂』から引き離し、そのまま橘グループに引き入れる工作をすればいい。

孝はこういった陰謀《いんぼう》のシナリオ作りを大いに得意としていた。

しかし、な……。

孝は無意識に唇を噛んでいた。

このシナリオ通りにことを進める前に、一つだけやっておかなければならないことがある。

山田澄香に引導を渡してやらねばならないだろう。

それが孝のせめてもの思いやりだ。

引導とは、僧侶《そうりょ》が死者に対し、自分が死んだことを分からせてやるという意味だ。

そう。この恋愛戦争において山田澄香は敗者であり死者なのだ。

孝はできるだけ厳しい言葉を選び、山田澄香に引導を渡した。

仁と結婚はできない。

仁にその気はない。

もし、仁にその気があればとっくに行動を起こしているはずだ――。

冷酷な事実を告げる孝に、泣き出すのではないかと思われた山田澄香は意外にも冷静だった。

衝撃のあまり言葉の意味を理解できていないのではないかと危惧《きぐ》したが、山田澄香の瞳には理性の光があったのである。

孝はそんな山田の態度を気の利《き》かないゾンビなりの健気《けなげ》さと受け取ったのだ。

そう考えると、つい山田の気持ちを代弁して仁に文句を言いたくなるのだ。

「仁、お前、彼女の人生をめちゃくちゃにしようとしてるの、分かってるのか」

「どけ」

立ちはだかる孝を乱暴に突き飛ばすと、仁は無言のままその場を立ち去った。

それが昨日の夕方の話である。

まずい。まずいなと今朝から孝はうろうろしていた。

最終試験を目前に弟子入り先の剣豪と喧嘩するバカがどこにいるというのか。

最悪だ。おまけにエリカや山田澄香を巡っての仁の態度に対する怒りや苛立ちを自分の中で昇華できていないのだ。

まったく、まだまだ未熟だな俺も——。

自分で呆れるが、着流し姿で畳に座る仁と向き合った瞬間、つい顔を背《そむ》けてしまった。子供か。相手は伝説の剣豪だぞと自分に言い聞かせる。

孝が一連の事態にぐずぐずとこだわっているのに対し、仁はその辺りのことに頓着《とんちゃく》する気はないようだ。

「回答を聞こう」

何事もなかったかのような静かな声に孝は反発を覚え、強い口調で言った。

「俺にとっての料理とは生き延びるためのものだ」

言ってから、しまった、模範解答は「愛情」だったはずじゃねえかと思ったが、もはや後戻りはできない。

そのまま押し通すことにした。

「料理とはサバイバルだ」

ふうんとつぶやいた仁が、先を促すようにあごをしゃくる。

「たとえばだな」

孝は続けた。といっても、喋りながら考えているようなものだ。虎之介ではないが、ほぼまったくのデタラメなのだ。

言葉が勝手に口から出てくるのを自分でも呆れながら聞いている。

話はこうだ。

雪山で遭難《そうなん》したとする。さ迷い歩き、疲労も極限に達した頃、山小屋に辿《たど》り着く。中は無人だ。とうに打ち棄《す》てられた場所のようだ。荒れてはいるが、十分に身体を休めることが可能だった。

体力を回復し、小屋の中の捜索を再開すると、何とありがたいことに水と食料の備蓄がある。

備蓄というより残されていたというべきだろうか。山小屋の前の地面を掘った天然の貯蔵庫に蓄えられていたのだ。

しかし、そこにあったのは根菜類《こんさいるい》がどっさりと少量の葉物野菜。

白菜やキャベツはそのまま囓《かじ》ることもできるが根菜は無理だ。

山小屋の中には囲炉裏《いろり》があって、火を熾《おこ》す用意もある。

探すと古びた鍋も見つかった。

つまり煮炊きができる設備はあるわけだ。

刃物の類《たぐ》いは見当たらないものの、アーミーナイフを使えば野菜を切ることもできるだろう。

あと、必要なのはおのれの料理の腕だけだ。

「そこで料理ができないからといって生き延びられないわけではない。煮たり焼いたりすればいいんだからな」

孝のたとえ話に仁が苦笑している。

「ずいぶんと限定的な状況だな」

「いや、これはたとえだ。災害時にも応用がきく」

うむ、と孝はうなずいた。

しかしまずい。何の説明にもなっていないではないか。さて、この先をどう展開させるか。

うなずきながら、超高速で頭をフル回転させている。

そもそも自分が提示した回答が大いにずれているのは自覚しているが、口に出してしまった以上、何としてもこのまま押し切らねばならなかった。

「俺が思うに料理とは、生きるために必要なものなんだ」

我ながら、いったい何を力説しているんだと思った。

頭に浮かんだのはスーパーで見かけた人々だった。

明日整形手術を受けるから、新しい自分の誕生日を祝うために見切り品の赤飯《せきはん》とショートケーキをカゴに入れるOLタマコ（仮名）や、ごはんを炊き忘れたためにレトルトごはんを買いに来たマザコン亭主と姑《しゅうとめ》との同居生活に疲れた主婦《しゅふ》ミサエ（仮名）、そして一人暮らしの老人のカゴにあったカレーの材料に一人一玉限定の特売キャベツだ。

一月前であれば、考えもしなかった言葉を口にしている自分に内心驚いている。

「たとえば、さっきの話だけど、雪山で一人、何日間も閉じ込められたとする。救助は来ない。そもそも、俺がそこにいることを外部に知らせる手段もないんだ。たとえ食料はもったとしても、孤独で死ぬか正気を失う可能性が高い」

仁が何か考えるような素振りを見せる。

畳みかけるように孝は続けた。

「その時に必要なのは料理だ。焼きジャガイモだけでは心が死ぬ」

そうだ、そうだと孝はうなずく。

先日出会ったばあちゃん菓子好きの小学生、イソノだってそうだった。

彼は物理的に飢えていたわけではない。

仕事で忙しい母親から金は十分与えられ、コンビニの弁当を買いに行くことはできたからだ。

しかし、そんな毎日は確実に彼の心を蝕《むしば》んでいった。

「一日、料理をしていれば時間が過ぎるのも早いはずだ。そしてうまいものが作れれば、孤独を癒やすことができるだろう」

我ながら何と素晴らしいこじつけだと孝は感心していた。

しかし、その実これは孝の本音でもあるのだ。

「そうだな」

仁がふっと笑った。

「それができるなら、他のヤツにも食わせてやれるしな」

「ん？　ああ……」

雪山一人遭難の話だったんだが、と思ったが、どうやら仁は別の何かを考えているらしい。

「分かった」

仁の言葉に孝は目を剝いた。

え、分かったの？　マジで？

は？　もしやこれで及第点ってことか？

いや待て。不可決定の可能性もあるのか、と焦る。

「もう一つの課題を聞こう」

「あ、ああ。料理に不可欠なものだったよな」

こちらに関していえば、答えは割と簡単だった。

「塩だな」

焼きジャガイモだってそうだ。

そこに塩があるかないかで話はまったく違ってくる。

ただの農作物を料理食材に変える魔法のアイテム。それが塩なのだ。

「と思ったんだが……」

そうなのだ。どの方向から考えても塩は非の打ち所のない正解だとは思う。

知識を試されているのならこれでいいはずだ。

しかし、だ。これでは当たり前すぎておもしろみに欠けるのではないか？

どうせなら、仁を唸《うな》らせる答えを見つけたいと思ってしまうのは孝の性《さが》なのだ。

いや、そもそも、こんな簡単な答えを仁がわざわざ課題として出すはずがない気もする。

しかし、こちらの問いに関してはいくら考えても有効な答えが見つからなかった。

仕方なく孝は言う。

「時間だ。時間に余裕がなければ料理はできない」

ひねりも何もないが、これは実は切実な問題だった。

孝が今、身をもって痛感させられていることなのだ。

例の小学生イソノの母親だって、ちゃんと料理をして息子《むすこ》に食べさせてやろうと、冷蔵庫に食材を沢山買い込んでいた。

それでも現実に仕事が忙しく、料理をする時間が取れなければ、できないのだ。

別に市販のそうざいを買ってくることが悪いわけではない。

食卓を囲んで楽しく食べられるなら何の問題もないのだ。

不経済だという議論も当たらないだろう。

デパ地下の高価なものならいざ知らず、そこらのスーパーで買うなら、食材を買ってきて一から料理をするより安くあがることも珍しくはないのだ。

ここまで考えて、孝はふっと笑った。

俺はいったい何を分析しているんだと思ったのだ。

橘孝。橘グループにおける危機管理の統括責任者である。

企業法務と危機管理予想の第一人者のはずなのに、今やよそのお宅の食事事情に精通しているのだから笑える。

まったく、なんて一ヶ月だったんだろうと改めて思ってしまった。

孝はこの一ヶ月、自称兄弟子である雨宮虎之介に導かれ、スーパー通いをしていた。

これまでの孝の人生でスーパーに足を踏み入れたことなど数回しかなかったのだ。

それなのに、今ではどうだ。

野菜も肉も魚も果物《くだもの》も大体の相場とそれぞれのスーパーの底値まで把握《はあく》済みだ。

カリスマ主婦か節約の達人かというレベルである。

さらには、タマコやミサエといった買い物に来る人々の食料事情や生活態様まで認識するに至ったのだ。

その結果、出した答えがこれだ。

さあ、仁、どう出る？

孝の答えに仁は「時間か」とつぶやいた。

「そうだ。だからこそ料理人という職業が成り立つんじゃないのか」

もちろん、自分では作ることのできない複雑な料理を食べるためもあるだろう。だが、料理を外注する意味もあるはずなのだ。

「なるほど。そういう考え方もあるな」

そう言うと仁は立ち上がる。

戻って来た仁は包丁《ほうちょう》を手にしていた。

「えっ？」

目を伏《ふ》せ、愛用《あいよう》の包丁を愛おしげに撫《な》でるような仕草を見せた仁は、孝に向かってそれを差し出す。柄の部分をこちらに向け、反対側の手を添えるようにして押し出したのだ。

「いいだろう。お前にこれをやる」

思わず畏《かしこ》まって「ははあっ」と押し頂いてしまったのは無理からぬことだろう。

この時、孝の脳裏にあったのは戦国武将が武勲《ぶくん》によって刀を下賜《かし》された図だった。

しかし、外からはそうは見えなかったようだ。

「ははは。おめでとさんっす」

ぺちぺちと乾いた拍手と共に芝居《しばい》がかった低い声が聞こえてきた。

振り返らずとも分かる。雨宮虎之介だ。

虎之介は部屋に入ると、すすすと歩いて孝の隣に座り、ささやく。

「若頭《わかがしら》。ついにやりやしたね。これで若頭も押しも押されもせぬ正式な後継者だ」

「いや、だからなんで若頭なんだよ。ってか、誰だよお前は」

思わずツッコミを入れてしまった。

「俺？　鉄砲玉《てっぽうだま》の虎っすよ」

「うっ、そういう風評被害に通じる発言はやめろって言ってるだろうが」

虎之介はかわいい顔でころころと笑っている。

「だってさあ、どう見たってこれ組長が若頭にドスを与えて、若頭が感動に打ち震えてる状況じゃね？」

「いや違う。これは剣豪がだな、弟子に刀を下げ渡してる図なんだ」

「はあ？　仁はともかく、あんたはどうやっても若頭に見えるんだけど」

「バカ言え、お前。この俺をコンプライアンスの守護神《しゅごしん》、橘孝と知っての愚弄《ぐろう》か」

などと言い合いつつも、孝は喜びを噛みしめていた。

よくは知らないが、包丁といえば料理人にとっての魂《たましい》ともいうべきもののはずだ。

仁は孝の弟子入りを正式に認め、その証《あかし》として魂を分け与えてくれたのだ。別に不要なものや、使い古した廃棄《はいき》予定のものをくれたというのではない（多分）。

孝だって見習い期間中、ちゃんと仁のやることを見ていたのだ。料理の技能を盗《ぬす》むにはそもそも基本の知識が足りなかっただけで、断じて観察眼がないわけではない。

だからこそ知っている。これは間違いなく仁が愛用していたうちの一本なのだ。

その魂、いわば自らの手足のような包丁をくれたのだ。

これに感動せずにいったい何に感動すればいいというのだ。

山田には悪いが、この瞬間、孝が胸に抱いていた仁への反発はたちまちのうちに霧散《むさん》したのである。

というわけで、晴れて弟子入りを認められた孝は仁から料理を教わることになった。

が、無理を通して一月もの休みを取った結果、孝の仕事は滞《とどこお》っていた。

休暇《きゅうか》中にも急ぎの決裁などはこなしていたし、雑務に関しては執事の須藤が代わりを務めてくれてはいたが、それでも孝にしかできない仕事は手つかずのままだ。

誇張ではなく、デスクに仕事が山積みになっていた。

思わず、開けた執務室のドアを閉めて逃げようと考えたほどだ。

その状況を打開するため、十月は仕事に専念せざるを得なかった。

そして十一月も後半になって、ようやくもぎとった久々の休日。

孝はマイ包丁とマイまな板を携《たずさ》えて、『骨董・おりおり堂』に料理を教わりにやって来た。

再度まかないを作るのである。

「回鍋肉か。お前、あれ好きだな」

孝がメニューを告げた時、仁がぽつりと漏らした言葉だ。

しかし、その声はひどく優しい。と思うのは気のせいだろうか。

そして今、おりおり堂の奥の厨で、仁と並んで立っている。本来のミッションを忘れたわけではなかったが、この状況が嬉しくて、孝は内心、わくわくしていた。

華麗な動作で上着を脱いでYシャツは腕まくりをし、ネクタイはポケットに入れる。

桜子が「これをお使いなさいな」と黒エプロンを出してくれたので、ありがたくお借りしているところだ。

マイまな板とマイ包丁をスタンバイして、まずは野菜を切っていく。

実践の方が分かりやすいだろうということで、孝がおりおり堂のまかないを作るのを仁が隣で見ながら、指導をする形に落ち着いたのだ。

基本的に、時間が許す限りは二つのおりおり堂合同でまかないを作り、皆でいただくことになっている。求人広告でいえば、おいしいまかない付きといったところだ。

調理は当番制だ。仁や桜子が作る日もあれば、山田、そして虎之介の日もある。

ちなみにこの名前の並びは実力順だ。

言うまでもないことだが、料理の実力である。

あまり喜ばしくはないが、孝の順位は虎之介の下、つまりは最下位だった。

最下位。

たとえ料理だろうが何だろうが、常にトップを走る橘孝にとっては容認しがたい事態である。

「いつまでもこの順位に甘んじてると思うなよ」

フッと不敵に笑ってみせるが、そこから抜け出せる見込みは今のところなかった。

前回、九月の終わりに初めて回ってきたまかない当番で、孝が選んだメニューは回鍋肉だった。

その出来は、というと、まあまずくはないが特別おいしくもないなというレベル。

例の四十点である。

まだまだ改善の余地はあるのだ。

考えてみれば当たり前だ。何しろ、これが孝の人生、初料理だったのだから。初料理で百点の方が怖い。

そう思えば、伸びしろがあるのではないだろうか。

おう、あるとも——。

ポジティブシンキングで再び臨む本日のまかない、回鍋肉。

これを選んだのはもちろん前回のリベンジの意味もあるが、単純に他にレパートリーがないせいもあった。

心情的には特訓に特訓を重ね、回鍋肉を極め、最高レベルの回鍋肉を作れるように、あ、いや、それだけでは不足だ。

他の料理も二、三、最高レベル、極みのレベルにまで仕上げておきたかったのだが、現実は過酷だった。仕事に忙殺されてほとんど何もできていない。

つまり、平たくいうと孝の料理スキルは前回からほとんど進歩していないのだ。

「いや、待てよ」

孝はつぶやく。

昔、無理やり習わされて何度も脱走し、結局逃げ切ったのだが、孝はピアノのお稽古に通っていたことがある。その時にピアノは稽古を一日休むと三日分後退すると言われた。

なんと恐ろしい話かと当時の孝は思ったものだ。

一度迷い込んだが最後、死ぬまで踊り続けなければならない阿波踊《あわおど》りの森に出くわしたような不運ではないか。これは早く逃げなければと思ったのだ。

しかし、その説になぞらえるならば、料理の腕前も後退している恐れがある。

実際、孝は回鍋肉の作り方をすっかり忘れてしまって、ここへ来る地下鉄の中でレシピサイトを熟読していたのだ。

そして今、あろうことか包丁が怖かった。

仁からもらった包丁の切れ味が良すぎて指の一本や二本、簡単に飛んでいきそうなのだ。もたもた、こわごわ切っている孝を仁がじっと見ている。

ああ、と孝は内心つぶやく。

人知れず料理修業をし、次回、まかないを作る際には華麗な包丁捌《さば》きを見せて、ギャラリーをあっと言わせてやるという夢というか野望はついえた。

というかギャラリーがいなくて良かった。

桜子おばあさまと山田澄香は店に出ているし、虎之介はバイトだ。

つまり、今、孝は仁と二人きりなのである。

二人きりで料理をしている。

考えてみれば、すごいシチュエーションだった。

長年、ろくに顔を合わせたこともないのにこんなことになるとは。

「左手はそうじゃない。猫の手だ」

「ねこ？」

場違いなセリフに思わず聞き返してしまった。

「丸くするんだよ」

胸の前で左手を丸く握り、首を傾げていると、仁が額に手を当てため息をついている。

いや、違うんだ待ってくれと内心思った。

いくら孝でもそれを知らなかったわけではない。だが、あれは子供がお母さんのお手伝いをする時に危なくないよう言われる作法？　なのではないか。

大の男に猫ってアンタ、と思ったのである。

「こうだ」

調理台の前に立つ孝の背後に回り、仁は孝の左手を握り込むようにした。

「指をこうやって丸くして爪の先が出ないようにして食材を押さえるんだ。これなら刃が当たっても指が飛ぶことはない」

前からお前の手つきは危ないと思っていたと言われて、いつの間に見ていたのだろうと首を傾げた。

というか何か色々恥ずかしい。

「な、なるほど」

「このまま少し切ってみろ」

「あ、ああ……」

うん、そうだね。これなら指を怪我《けが》する心配もなくて、さくさく切れるよね。とは思ったが、しかし、この姿勢はいかがなものか。

仁は孝の背後に貼り付いたままである。

いやはや、いやはや……。

何と言っていいのやら。

まったく、そういうところだぞ仁。

耳が赤くなるのを自覚し、孝はふざけたことを考え、意識をよそに飛ばした。

とても後ろを振り返る勇気はなかったが、至近距離にある仁の顔は絶対に真顔だ。

賭けてもいい。

こういうところで、とんでもない天然ぶりを発揮してくる男なのだ。

しかし、赤面している自分も自分でどうなのだ。

いや、断じてヘンな意味ではない。

LGBTQに対する偏見《へんけん》はまったくないが、だからといって相手は実の兄だ。兄を相手にどうこうなんてことはさすがにない。

孝が動揺しているのはそっちではなかった。

昔のことを思い出したのだ。

たとえば、靴《くつ》を履くのに手間取って「にぃにぃ」と仁を見上げた。

いや、本当に幼い頃ですからー、と脳内で誰に対してか分からないが、とりあえず言い訳しておく。

三歳、いや五歳頃の話だろうか。その時はとにかく、仁に置いていかれそうな気がして、必死だったのだ。

仁は当時、まだ小学生のはずだったが、ずいぶん大人びて見えた。玄関に座り込んで泣きそうになっている孝を見守る瞳はとても優しく、慈愛に満ちていた。ように思う。

「にぃに。孝、くつはけない」

今から思えば恥ずかしい話だが、当時の孝は自らを名前で呼んでいた。

「ん？　そうか」

声と同時にひょいと持ち上げられる。

仁が孝を抱っこしているのだ。

そうしておいて、後ろから回した手を添え、孝が靴を履くのを手伝ってくれたのだ。

あの時の仁の体温と、決して言葉は多くないが優しい声に包まれた幸福感。

今、それを思い出して、恥ずかしいやら泣きそうやらで、孝の脳内は大混乱している。

いかんいかん、と孝は九月の終わりの丹羽エリカの件を思い出し、仁との間に生じた緊張状態を再確認する。

あの夜のことを考えると、すっと頭が冷える気がした。

「いいか。野菜を切ったら、キャベツを湯通しするんだ。豚肉は茹《ゆ》でる」

仁に言われ、聞き返す。

「湯通し？」

湯通しとは？　分かるような分からないような単語だ。

「さっと茹でることだ」

「あ……うん」

なるほど。そうではないかと思ったが、やはりそうだったか――。

しかし、そこが分かっても疑問は残る。

孝が作ろうとしているのは回鍋肉だ。

あれは野菜と豚肉を炒《いた》めて作る料理なのではないか。火力が命の中華のはずだ。

だが、我が師、仁が間違えるわけはない。

そう。たとえ表面上は確執《かくしつ》があろうとも、仁は孝にとっての永遠のヒーローなのだ。

いつだって仁は正しい。仁こそが正義なのだ。

ましてや料理のことで孝に口出しできるわけがなかった。

大きな中華鍋にぐらぐらと湯が沸《わ》いている。

「本当にこれ茹でるのか？」

猫の手で切ったキャベツの入ったザルを抱え、逡巡《しゅんじゅん》する孝に仁がうなずく。

「回鍋肉の回とは鍋に戻るという意味だ。豚バラ肉を茹でることで余分な脂を落とし、キャベツを下茹ですれば鍋で火を通す時間が短縮できて、水っぽくなるのを避けることができる」

「あっ」

思わず孝は叫ぶ。

「それかあ」

前回、孝の作った回鍋肉が物足りなかった理由に思い至ったのだ。

おかしいと思ったのだ。レシピ通りに作ったはずなのに、どういうわけかどこか物足りない味付けに仕上がった。

なお、これ、物足りないというのはマイルドな表現である。

おいしくないわけではなかったのだが、ずばりいうなら、少々水っぽかった。水分が多く、味がボケていたともいう。

しかし、あの時、山田澄香はおいしいと言っていたはずだ。

嬉しそうにほおばっていた姿が目に焼き付いている。

「まさか、山田、味オンチなのか？」

自分が作っておいて、おいしく食べてくれた人に対して失礼な話ではある。

しかし、同情はいらんのだ。

おいしさを等級順に並べるならば、前回の回鍋肉はおいしいうちの最下位だろう。決して、「すごくおいしい」ではなかったはずなのだ。

ひとり言のつもりだったのだが、聞こえてしまったようだ。

すかさず仁が言った。

「いや、山田の舌は正確だ。俺よりも鋭いくらいだ」

「はあ、そうなの？」

「味は多少悪くともおいしいって意味だったんだろう」

味は悪いがおいしい？

そんなとんちみたいな話があるのか。

首を傾げていると、仁が孝の頭をぽんと触った。

触った？　いや、撫でたのか？

は？　撫で……？？　え。

呆然《ぼうぜん》としている孝に気付かぬ様子で仁は続けた。

「山田の言うおいしいには、色んな意味があるんだ。揃って食卓を囲むのも、できたての熱々を食べるのも、みんなおいしいに分類される」

「ああ、そうか。あの人、感覚的な喋り方するからね」

それは分かったが、しかし、仁。

孝は撫でられた頭をどうすればいいのか分からぬままに戸惑いを覚える。

なぜ仁は、そんなに愛おしそうな目で山田澄香のことを語っているのだろうと思ったのだ。

なあ、仁。そんなに山田が大切なら、なんでエリカと付き合うんだ？

俺、山田に引導を渡してしまったぞ。

そんなことを考えながらも、言葉にすることはできずにいる。

「味つけはこれでいいのか？」

レシピサイトに書いてあった通りの調味料を混ぜている間、隣で見ている仁に訊ねる。

これまで仁との間には長く確執があったため、沈黙など気にならなかった。というか、口を開けば喧嘩になるので、まだしも沈黙の方がマシだったという事情もある。

ところが、今、沈黙が気まずく思えてしまい、ついこんな言葉を口にしてしまった。

「そうだな。だが、肝心なのはレシピ通りにすることじゃない」

「え、そうなのか？」

料理初心者である孝にとってはレシピは絶対だった。無条件で受け入れるべき神の教えにも等しいものなのだ。

「材料にしたってそうだが、ないものがあっても他の食材で補えばいいし、なしでいくのもありだ」

「マジか……」

仁が言うには肝心なのは味見だそうだ。

回鍋肉の仕上げの段階になって、味見をした仁が孝にも促す。

「どうだ?」

「うまい」

反射的にそう口にした。

仁の指導のお陰で水っぽくなるのが回避されている。

格段にうまい。

「でも、何かが違う」

「どういうことだ?」

この時、無意識に孝が求めていたのは「幻の回鍋肉」だ。

どこで食べたのか、いつ食べたのかも定かではない。

ただ、その味だけが記憶に残っているのだ。

「いや。よく分からないんだけど、何か覚えてる味があるんだ」

孝の言葉に仁は無言で、並んでいた調味料を少しずつ足す形で、中華鍋に振り入れた。

ん、足りなかったのか?

不思議に思いながら、味見をする。

孝は衝撃を受けた。

これだ。この味だと思ったのだ。

「教えてくれ仁。俺、いつこれ食ったんだ？　あれ、作ったの、仁なんだよな」

勢い込んで言う孝に仁は無言のまま目を逸らしてしまった。

孝は思わず頭を抱える。

いくら思い出そうとしても、深い霧《きり》に覆《おお》われているみたいで何一つ思い出せないのだ。

孝は必死で縋るようにして訊く。

「なあ、そうなんだろ？　仁だよな？」

何も答えない仁に苛立つ。

苛立ちをぶつけるように孝は言った。

「俺、分からないんだよ。なあ、仁。俺は一体何を忘れてるんだ？」

その言葉に仁の顔色が変わる。

「孝。お前それ、あの女から聞いたのか」

怒気をはらんだ声に驚く。仁がこんな風に感情を顕《あら》わにするのは、ここ最近ないことだった。

思いがけない仁の反応に孝は気圧されている。

あの女？
誰のことだ？
まさか、丹羽エリカのことか？
どういうことだ？　仁は彼女と付き合っているのではないのか。
孝の反応に、仁ははっとした様子だ。
「いや、何でもない。今のは忘れてくれ」
取り繕《つくろ》うように言われても疑問が増すばかりだった。
孝の、というか仁の指導及び味つけによる回鍋肉は好評だった。
桜子はもちろん、山田や虎之介に至るまで、全員から大絶賛の嵐《あらし》である。
孝だって、幻の回鍋肉にありついたのだ。
記憶の中にしか存在しなかった絶品回鍋肉だ。
ほかほか炊きたての白米に、こってりした味噌、トウバンジャンの辛みが効いている。
うまい。本当にうまい。
にもかかわらず、気が晴れなかった。
仁は何かを隠している。
しかも、それはどうやら自分が失ってしまった昔の記憶に関するもののようなのだ。
一体、何があったのか――。

本当に自分は何かを忘れているのか。

自分の身の上に何かが起こったということなのか。

孝も何度か調べようとはしたのだ。

といっても、これは難しい話だった。

一体何を調べようとしているのか、自分にも分かっていないのだ。

闇雲《やみくも》に資料を引っかき回しても何も出てこなかった。

せめて時期だけでも特定できれば対象を絞ることもできるが、それすらも困難なのだ。

仁や孝の子供時代を知っていそうな人物と考えて、一番に浮かんだのは須藤だった。


カーテンを開け放した窓からは都心の夜景が一望できる。

ホイコーローとつぶやいた須藤に事情を説明し、畳みかけるようにして問う。

「なあ須藤、本当に何か知っていることはないか？　君が知らないのなら、お父上はどうだろう」

薄暗くてかび臭い山小屋のような場所で仁らしき少年が料理を作ってくれたような記憶があるのだ。記憶というにはあまりにおぼろげなものだったが、その姿を思い出したが最後、孝は無性に回鍋肉が食べたくなった。

となれば、その時に食べたものが仁の作った回鍋肉だった可能性が高い。

おりおり堂に通った三十日間。

孝は何度か自分の記憶を疑うことになった。謎は他にもあるのだ。

いったい何故、自分は『骨董・おりおり堂』に、あんなにも大切だった桜子おばあさまの許へ行かなくなったのか。

さらには『骨董・おりおり堂』近くの道だ。

細い路地を抜けた向こうに続く屋敷街、そして古いお寺。孝はそこに立ち尽くしたまま、動けなくなったのだ。

何かあったとしたら子供時代だろう。

ならば須藤か、その父である執事が何らかの事情を知っているはずだと思ったのだが、須藤は戸惑ったような顔で首を傾げるばかりだった。

「さようでございますね……。孝様の記憶に抜けがあるということでよろしゅうございますか?」

そう聞き返されると、自分でも首を傾げてしまう。

「いや。うーん、どうなんだろうな……」

場に置いたカードを引いて、手持ちのカードと交換する。

9が二枚のツーペアが成立した。

チップの数を増やしてせり上げたが、須藤は表情を曇らせたままだ。

手札を比べると、須藤の持ち札はまさかの連番、ストレートだった。

「うわ。須藤……」

せり上げたはずのチップは全部須藤のものとなる。

またか、と思った。あれほど須藤の顔を信用してはいけないと思っていたのに、またしても騙《だま》されてしまった。

◆

翌週の土曜日、孝は午後から時間を作り再び『骨董・おりおり堂』に詰めていた。

謎が深まるばかりで答えが見えない。

調査の手も尽くしているのだが、どうにもはかばしくないのだ。

食器を洗いながら鬱々《うつうつ》としていると、虎之介が寄ってきた。

「よっ。はかどってるか？」

「ああ、おかげさまでな」

相変わらずの下働きである。

「スミちゃんから伝言。この後、来客があるから俺らで店番しててくれってさ」

「へえ、珍しいな」

キュッと水道の蛇口《じゃぐち》を閉める。

ごくまれに『骨董・おりおり堂』の店番を頼まれることがあるが、基本的に孝も虎之介も役に立たない。

骨董の知識があるわけではなし、タバコ屋の店番よろしく店先に座っている柴犬《しばいぬ》と大した違いはないのだ。

おまけに今日は桜子も山田澄香もいる。

なんで俺らが必要なんだ？　と思ったが、どうやら込み入った相談が持ち込まれているらしかった。

カフェスペースで何やら真剣な様子で話をしている客と桜子たちを横目に通り過ぎ、『骨董・おりおり堂』の店頭に向かう。

腕まくりしていたYシャツの袖《そで》を戻し、スーツの上着に袖を通す。

「秋だなあ」

店頭のディスプレイを眺め、虎之介がつぶやく。

「日本は四季がはっきりしてていいよな」

「そうだな」

うむ、と孝はなかなかすごい値段のついた茶碗を手に取り眺め、元の場所に戻す。

そんなことをしていると、からからと格子戸が開いた。

「いらっしゃいませ」

最上級イケメンの笑顔で言うと、顔を覗かせたのは見知った顔の女性だ。

うん？　と孝は首を傾げた。

何故だろう。確かに知っているはずなのに、いつもとずいぶん雰囲気が違う。

「あれぇ、菜都実さん。今日は制服姿なんだ」

虎之介の言葉に、なるほどと思い当たる。

『骨董・おりおり堂』のカフェの常連客の一人であるタクシードライバーの女性だった。

「こんにちは。あの、今日はちょっと骨董のことで質問がありまして」

「はい」

うなずいたはいいが、そもそも分かるわけもないのだ。

「あいにくですが、ただ今、オーナーの橘も山田も接客中でして。少し離席できるかどうか確認して参ります」

来客に会釈し、桜子に耳打ちすると、今、どうしても席を外せないので、申し訳ないけれど、お茶をお出ししてお待ちいただいてねと指示された。

その旨を告げると、菜都実は困ったような顔をした。

「そうなんですね。私、今、乗務中で、前の道路に車停めたままなんです。残念だけど、改めることにします」

「ん、今日はどうしたのさ？」

虎之介が訊ねると、菜都実は手に持っていた桐《きり》の箱を差し出した。

「実はお客様の忘れものなんです。箱を開けてみたんですけど、これが一体何なのかが分からなくて」

タクシーに忘れ物はつきものだ。

乗客が降車する際、ドライバーはバックミラーを見て確認することになっているが、小さなものだったり座席の下に潜ってしまうと見落としてしまうこともあるのだそうだ。

菜都実の会社では忘れものは基本的に本社で預かるのだが、現金やスマホといった高価なものであれば警察に届けることになっている。

菜都実が今手にしている品物はどうやら骨董のように見えるという。

それが果たして何に使うものなのか、また可能ならば高価なものであるのかどうか判別してほしくて立ち寄ったそうだ。

そういうことなら、自分たちにできることはない。

桜子が鑑別するにしたって、数分で終わるというものでもないだろう。

菜都実に時間がないのなら、残念ながらお引き取り願うしかないな、と孝は思ったのだが、虎之介が「見せて見せて」とせがんでいる。

「そうですね。じゃあ写真でも撮っておきましょうか。あとでオーナーに確認して連絡するようにしますので」

そう言って孝がスマホを取り出すと、菜都実は恐縮しながら桐箱を開けた。

スマホを一回り大きくした程度の大きさの箱だ。

蓋《ふた》を開けると、中は絹らしい布張りだった。

黄蘗《きはだ》色とでもいうのだろうか、何とも高貴な印象の布の上に、細長いものが鎮座している。

「耳かき、ですかねこれは」

「あ。やっぱりそう見えますよね」

菜都実と二人してうなずき合うが、耳かきをこんな大層な桐箱に入れるものだろうかという疑問があった。

「もしかしたらペーパーナイフでしょうか」

菜都実が言う。

なるほど、シルエットとしては確かにペーパーナイフが一番近いかも知れない。

手に取って検分したいが、どのような価値のあるものか分からないし、持ち主も不明なのだ。うかつに手を触れることははばかられた。

まあ、孝は骨董に関しては素人《しろうと》だ。手に取ったところで分かることは知れている。

全長は二十センチに満たない。上部は幅《はば》およそ一センチ、縦七、八センチ程度の長方形に近い。

金地に黒檀《こくたん》とかそんな感じなのだろうか。美しい光沢を放つ黒がはめこんであるように見える。

黒を背景に金色の二匹の蝶《ちょう》が舞い飛ぶ様子が浮き彫りになっている。

蝶の大きさは一センチあるかないか。

恐ろしく精巧《せいこう》な細工だった。

黒い長方形は先にいくほど細くなり棒状になっている。

しかし、よくよく見ると、その先端が円形で、かなり太い。

薄く削《けず》ってあるならまだしも、これで紙を切るのは難しそうだ。

当初、耳かきと思ったのは、長方形の側のてっぺんに、小さな突起があるせいだ。

ちょうど耳かきの先端部分と同じような形なのだ。

しかし、これは——と考え直す。

この突起は長方形の部分からいきなり飛び出している格好だ。

つまり、長方形の側に直接、耳かきの先端部分をくっつけた状態なのだ。

耳かきの先端が何かをすくい取るための形になっているとしても、そこから続く本体は通常細い棒状だろう。

そうでなければ耳の中にまで入れることができない。

つまり、これが耳かきだとしても、せいぜい外耳をくすぐることしかできそうにないわけだ。

「でも、きれいですよね。このペーパーナイフ？」

菜都実が言う。

装飾はもちろん、きれいに磨き込まれている。

芸術品といっても差し支えないだろう。

「ペーパーナイフじゃないよ」

桐箱を手にして眺めていた虎之介が不意に口を開いた。

「これは笄《こうがい》だ」

「こうがい？」

耳慣れない言葉に思わず聞き返す。

「あれ、知らない？　刀装具と呼ばれるものだね。刀の鞘《さや》に差し込む場所がある」

びっくりした。なんでこいつがそんなことを知っているのかと思ったのだ。

「何に使うんですか？」

「うーん。頭や耳がかゆい時にかくんじゃないかな」

菜都実の質問に虎之介が自分のミルクティー色のふわふわした髪を指している。

「ホラ。昔の武士ってちょんまげだったからさ」

「な、なるほど……」

　菜都実がうなずく。

「ちょっと待て。お前、それどこで習ったんだ？　オーナーに教わったのか」

訊いてはみたが、『骨董・おりおり堂』では刀装具の関係はほとんど扱いがなかったはずだ。

「ちげえよ？」

　虎之介はどうしてそんなことを訊かれるのかと言わんばかりの顔できょとんとしている。

「大阪で劇団にいたって言ったな。そこで聞いたとか？」

　思わず尋問態勢に入ってしまう。

　虎之介はつまらなそうに、いんやと首を振った。

「あそこはさあ、刀っていっても、竹光にアルミホイルか何か貼っただけだよ。斬る真似《きまね》ができりゃいいんだし。第一、舞台でそんな細かいところまで再現しないって」

「じゃあなんでそんなことに詳しいんだよ」

　詰め寄る孝に、虎之介は首を傾げて、は？　と言った。

「うっわー。逆に驚きなんですケド。これって中学校とかで習わなかったっけ？」

「習ってたまるか」

「あっれぇ。そうだっけかな？」

虎之介はぽりぽりと頰をかいていたかと思うと、甘ったれた声を出した。

「菜都実さん、菜都実さーん。俺、記憶喪失なんだよね。何だろね、これって。前世の記憶なのかなあ。ああ、そっか。前世でそれがし、武士だったでござる」

いやいや、嘘臭いにも程があるだろうが。

ツッコミを入れていると、急に真顔になった虎之介が菜都実に桐箱を返しながら言った。

「俺の前世の記憶によればさ、これ、かなり高価なもんだよ。忘れて行ったの、どんな人か覚えてる？」

「それが……」

菜都実は表情を曇らせる。

後部座席の奥に押し込まれるように置かれており、菜都実も降車後に掃除《そうじ》をしていて初めて気がついたのだそうだ。

その日、菜都実が乗せた客の誰なのか、まるで分からないのだという。

「しかし、高価なものなら忘れた人が問い合わせてくるでしょう。それまで保管されては？」

孝の提案に、虎之介がいやと言った。

「警察に届けた方がいいよ。こんなのを手許に置いておいたら、どんな災《わざわ》いを呼ぶか分かったもんじゃない」

虎之介は普段の軽薄な物言いもどこへやら、硬い表情だ。

さらにはその口調が妙におどろおどろしく、驚いて二度見してしまった。

「えっ？」

菜都実も怯えたような仕草でそう言って、口に手を当てている。

「災いだって？　お前、軽々にそんな言葉を口にするな」

虎之介は珍しく無表情だ。お人形《にんぎょう》のような美貌がゆえに不穏なものを感じてしまい、菜都実と二人、青ざめた顔を見合わせた。

「大体さあ、その忘れものって昨日や今日のことじゃないんじゃない？」

虎之介の問いに菜都実がこくこくとうなずく。三日前のことだそうだ。

「そんなに大事なものなら、普通、その日のうちに問い合わせがくるもんじゃないのかなあ。仮にだよ、会社や菜都実さんの名前を覚えてなくったって、女性のドライバーってそんなに多くはないんでしょ？　すぐに辿り着けると思うけどなあ」

思わせぶりに言いながら、虎之介は口許に笑みを浮かべているのだ。

「おい。虎、お前、何が言いたいんだ？」

「菜都実さんのタクシーにわざと置き去りにしたんじゃないかってことさ」

「え。わざとって、どうしてそんな……」

かわいそうに菜都実はすっかり怯えてしまっている。

とはいえ、いつまでもタクシーを駐車しておくわけにはいかない。

とりあえず後で取りにくるからと、菜都実は桐箱を預けて車に戻っていった。

桜子の話が終わったら相談してみるかと思い、カウンターの後ろにある椅子に腰かけて、再び箱を開けてみる。

「なあ虎。お前、ずいぶん不穏なこと言ってたけど、あれ冗談なんだろうな」

「お？　なんで冗談だと思うわけ？」

虎之介は天井の隅を見上げ、うそぶくように言う。

孝は苦々しい思いで、絶世の美少女と見紛うほどの顔を見やった。

なまじ顔がかわいいだけに、こういう時のふてぶてしい態度がアンバランスで、どうにもいやなのだ。

「笄ねえ……」

確かに骨董を扱っていると、いわく付きのものも多そうだが、こうして見ると、ただの美しい装飾品にしか見えない。

「あっ」とかわいらしい声がした。

驚いて見ると、いつの間にそこにいたのか、小さな女の子が孝の膝《ひざ》の上に置いた桐箱を覗き込んでいる。

「このちょうちょさん、知ってるー」

舌足らずな声に、孝はぎょっとした。

一瞬、座敷わらしか何かが現れたのかと思ったのだ。

虎之介の思わせぶりな言動のせいで、こちらまでオカルトじみた思考に染まってしまったようだ。

あー、もう。待て待て――。

孝は自分を落ち着かせる。

合理主義者の自分が何を言っているのか。

ホント、どうかしている。

さあみんな。どうだい。この冷静さを失うプロセスをみてくれよ。

どうにも俺らしくないなと孝は反省した。

まんまと場の雰囲気に呑まれてしまっているではないか。

しかも、よく考えてみればこの場の雰囲気というのがこれまた、虎之介が一人で作り上げたものである。

ヤツの想像力が無尽蔵なのはよく分かっているのだが、相変わらず、得体が知れないというか、油断ならないヤツだ。

不信感も顕わに虎之介に険しい視線を向けていると、ヤツと来たら、にこにこしながら女の子の相手をしている。

「んー？　ちょうちょさんかぁ。どこで見たの？」

孝には子供の年齢などさっぱり分からないが、適当に見積もったところ女の子は三歳ぐらいだろう。

きっと絵本か何かで見た蝶々のことを言っているのだろうと考えたのだが、それは外れだった。

女の子が予想外の言葉を口にしたのだ。

「あのね。屋根裏に、開けちゃダメなお部屋があるの。そこからちょうちょが出てきたの、まどか見たよ」

「ふうん？　開けちゃいけないお部屋があるんだ」

「まーどーか」

女性の声が聞こえた。

「ダメだよ。そのお話、ないしょでしょ。ママとお約束したんじゃなかったかな？」

歳時記の部屋から顔を覗かせているのは、客の中年女性だった。

桜子と山田澄香が相談を受けている相手だ。

「ママ、ごめんなさい」

ぺこりと頭を下げる女の子。

寄り添う親子のシルエットを見て、孝は思わず口許を緩めた。

大きなくまのお母さんとこぐまのお買いもの、みたいに見えたからだ。

母親は大きな人だ。

いや、女性の体型を揶揄するつもりはないのだが、ふくよかなのは確かだ。

しかし、それだけではなかった。

諭《さと》すようでありながらどこか楽しげな表情や喋り方など。うつわ、いや人間的な大きさを感じさせる。

自分でも意外だったが、孝は以前に見た映画を思い出している。

「天使にラブソングを」というアメリカ映画だ。

あの主人公、修道女に扮《ふん》しているが、実はギャングの情婦だった彼女をほうふつとさせるのだ。

「ごめんなさいね」

これは紛れもない腹式呼吸――。

腹式呼吸で謝られる。声に厚みがあるというか、とにかくぶ厚い感じで、無条件でうなずかされてしまうような説得力があった。

「ついお話に夢中になってしまって失礼しました。ほら、まどか。お兄ちゃんたちのお邪魔してごめんなさいって」

大発見をしてしまったらしい子供はとても黙っていられない様子だ。

山を降りて街に出てきたこぐま感がすごい。

こぐまは瞳をきらきらさせながら、舌足らずな声で母親に知らせる。

「あのね、あのねママ。お兄ちゃんたちの持ってる、ちょうちょの飾り。うちの開けちゃいけないお部屋から出てきたのと同じなんだよ」

「これっ。おめさ、よぐねえぞ」

母親が慌てた様子で、まどかの口をふさぐ。大変なことになっただよーと小声でささやき、おろおろと周囲を見回している。

「大変だ大変だ。約束を守れない悪い子はお山の天狗《てんぐ》につれて行かれるだよ。まどかさんば、大変だ」

は？　何だ。何が始まったんだ？

孝と虎之介はまったく話についていけず、唖然としながらなりゆきを見守っている。

真っ青になった母ぐまの異変に、うわあああんとまどかが泣き出した。

「ごめんなさーい」と絶叫している。

「分かればいいだ。おめぇさ、これから気をつけます。そう言うだ。ほしたら天狗さ、まどかはいい子だ。さらっちゃいけねって思うにちげえねえ」

しゃくり上げながらうなずくまどかの鼻水を手にしたタオルで拭《ぬぐ》ってやり、母親はよしよし、よしよし、わははと豪快に笑っている。

いる。

「お兄ちゃんたち、ばいばーい」

まどかが母親に手を引かれながら、こちらに向かい、もみじのような小さな手を振っている。

何だか愉快な人形劇でも見たような気分だ。

柄にもなくほっこりした。

「ふうん。同じ蝶々か……」

ばいばい、とまどかに手を振り返しながら虎之介が意味ありげにつぶやく。

「おいおい。まさか同じなわけないだろ。子供の言うことだぞ？」

「さあて、どうだろうね」

虎之介は思わせぶりに言って、にひひと笑う。

「開けちゃいけないお部屋ね……」

そうつぶやいた虎之介の瞳が不気味に光った気がした。


まどかとその母親が帰ったところで、桜子から話を聞いた。

彼女たちは九月に桜子と山田が骨董の買い取り要請を受けて出かけた先の家の人らしい。

「え、あれですか？　お二人で出かけたものの取引が中止になったという」

宇山宅のミニコンサートがあった日の話だ。

「そう。そうですの。孝さんよく覚えてらっしゃるのね」

桜子がにこやかに言う。

「印象に残っていますので」

とは言ったものの、内心では当たり前だと思っていた。

あの日、孝は出張料亭の助手の座を山田澄香から奪い取るべく策を弄したのだ。

忘れるわけはない。

しかし、その策略は失敗に終わり、孝は密かに地団駄を踏んだ。

先方の家では確か、相続を巡って争いが起こっていたはずだ。孝はそれを利用し、長男にあたる男をちょっとつついてやったのだ。

そこまではうまくいった。

まんまと山田澄香を他県へ追いやることに成功したとほくそ笑んだのも束の間、あの女ときたら想定外の短時間で戻ってきてしまった。

宇山宅のパーティーに山田がひょっこり現れた時には、何だそれ、なんでお前がここにいるんだよと内心、愕然《がくぜん》としたものだ。

ことの顚末《てんまつ》はこうだ。

相続を巡って争う家族に、桜子がもう一度話し合うよう説得したのだ。

その際に話し合いの場にいたのは長男、長女、次女、次男の四人だそうだ。

さっきの愉快で大きなくまのお母さんが長女らしい。

この家は昭和《しょうわ》初期から続く老舗《しにせ》旅館を経営していた。

「それは素敵なお宿でしたわよ。ねえ、澄香さん」

桜子が言うと、山田も深くうなずいた。

「本当に素敵でした。窓の下には渓流があって……あ、そうだ。きっと紅葉の季節にはとても素晴らしいでしょうねって言ってたんですよね」

「ええ、そうでしたわね」

おほほと桜子が笑う。

家族経営に毛の生えたようなこぢんまりした旅館ながら、料理自慢の宿で、知る人ぞ知る隠れ家として人気があったという。

「そんなに人気のある旅館を売却するんですか？」

疑問に思い訊いてみた。

「それがね、その料理を作ってらしたのが亡くなった先代だったんですって」

先代の主人は腕のいい板前でもあったそうだ。

彼が病に倒れたのを潮に、旅館は休業となり今に至る。

もちろん、代わりの板前を雇い継続するという手もあるはずだ。

実際、兄弟姉妹のうち、さっきの長女と次男は旅館の再開、つまりは存続を望んでいるらしかった。

だが、残る長男と次女の二人は反対した。

売却推進派なのだ。

こちらの二人は、さっさと全部売り払ってすっきりしたいというのが希望だ。

由緒ある旅館の建物、さらには書画骨董など、全部ひっくるめると相当な値がつくらしい。

まずは中身を売り払おうとした長男によって、九月のあの日、桜子が呼ばれたわけである。

「では、先ほど来られたのは存続派の方ですか?」

まどかの母のことだ。

あの人がついた側が断然有利に思えるが、そんなに簡単でもないのだろうか。

しかし、そもそも今になって彼女がおりおり堂を訪ねて来たというのはどういうことなのか。

桜子と山田が続ける。

何でも、最近になって亡くなった先代が子供たちの全員に宛てて残した手紙が出てきたらしい。

そこには、自分が死んだ後、旅館を閉める時が来たならば、旅先で知り合った若い料理人に、最後の日に料理を作ってもらうよう頼んで欲しいと書かれていたのだそうだ。

旅先で知り合った若い料理人？

「それってまさか……」

「ええ、そうですの。典子《のりこ》さんのお話によると、その料理人の方がね、もし、自分が店を開くのならば、おりおり堂と名付けるって言っていたそうですよ」

桜子の言葉に山田がうなずく。

突然、出てきた『おりおり堂』の名に、典子はそれは驚いたそうだ。

九月に骨董の買い付けに来てもらった店の屋号と同じだったからだ。しかも、その時『出張料亭』の話が出ていた。

大慌てで、もらっていた桜子の連絡先を探し、取るものも取りあえず、『骨董・おりおり堂』を訪ねて来たらしい。

ここへ来れば、その料理人に会えるだろうと考えたからだ。

彼女の相談というのは、仁が先代の思う料理人であるのなら『出張料亭・おりおり堂』に旅館まで来て、料理を作ってもらえないかというものだったわけだ。

典子は仁が留守だと知って落胆していたそうだが、出先の仁には山田が電話を入れ、既に了承を得ている。若い料理人とはやはり仁のことだったらしい。

「では、彼女も売却に賛成ということなんですね」

長女である典子は旅館継続を望んでいたはずだが、その料理人の青年、つまり仁を招いて料理を依頼するということは、その旅館が最後の日を迎えるということだ。

「それがそうでもないようですのよ」

孝の問いに、桜子が何とも含みのある顔で言う。

ん？　どういうことだと思ったが、取りあえず孝の脳内は忙しく計算を始めていた。

「それ、俺も行きますからね」

「え。あ、はい……？」

山田が戸惑ったような声を出す。

「でも、孝さん、お忙しいのでは」

「いえ、そういうことなら何としても時間を作ります。法律は俺の専門ですからね。何かあってからでは遅い。ただでさえ相続なんて地雷《じらい》の多い話し合いだ。仁が厄介なことに巻き込まれでもしたらたいへ……いや、おりおり堂の名に傷でもついたら大変ですから」

そうは言うものの、仁と先方が先ほどの電話で決めてしまった日程に合わせて、こちらも休みを取らなければならないのだ。

多忙な孝にとってこれは難問だった。

しかし、何をどうねじ曲げてでもクリアしなければならない。

法律云々《うんぬん》も嘘ではないが、それは建前だ。

仁と旅行に行くという大義名分《たいぎ》があるのだ。これを逃さない手はなかった。

仁と旅行。一体、何年ぶりなのか。

いや、そもそも一度も行ったことがなかったのではないか？

孝は立場的に今一つぴんと来ないし、真偽《しんぎ》のほどは定かではなかったが、会社で行われる慰安《いあん》旅行というものが不倫発生率のナンバーワンであるという統計を目にしたことがある。

旅先の非日常感に、気分が開放的になったり、男女が親密になったりするのだろうと推察される。

ならば、自分たち兄弟の親密度が増してもおかしくはないはずだ。

いや、俺は絶対にそこで仁との距離を詰める――。そう誓った孝は時季外れの休暇取得に向けて着々と動き出したのである。

◆

「昼間はお騒がせしてすみませんでした」

夕方、勤務を終えた菜都実がカフェにやって来た。

例の桐箱を返そうとすると、菜都実は表情を曇らせる。

「あの、申し訳ないのですが、しばらくこちらで預かっていただくわけにはいきませんか？」

品物を見た桜子の見立てによると、虎之介が言った通り、これは粋だった。江戸中期のもので、やはり相当な価値のあるものらしい。

ものがものだけに、保管や扱いも難しいだろうし、とても自分の手には余ると菜都実は言うのだ。

菜都実はすっかり及び腰だ。

仕方がないので、彼女が会社から持たされてきたという預かりに関する書類をチェックした。法的に問題がないことを確認し、桜子が署名捺印《しょめいなついん》するのを見守っていると、店の奥から仁の声が聞こえてきた。

どうやら食材の産地をめぐる旅から戻ってきたようだ。

仁と山田のやりとりが聞こえる。

「あー。仁さんすみません。その日は無理なんです」

山田の声だ。どうやら『出張料亭・おりおり堂』に新しい依頼が入ったらしい。

来週の話だ。

かなり急な依頼ということになるのだろうか。

ところが、『骨董・おりおり堂』の方に障《さわ》りがあった。

その日は桜子の人間ドックの予約が入っており、店番をしなければならない山田は同行できないということのようだ。

その日程を仁が知らないはずはない。

何故、そんな予約を取ってきたのだろうと疑問に思ったが、どうやらその依頼というのが依頼人の誕生日を祝うもので、そちらの日程を動かすのが難しいらしかった。

誕生日パーティーったって、別に当日じゃなくてもいいんじゃないのかと孝は思ったが、依頼人の仕事が忙しく、その日しか時間が取れないそうだ。

時間のやりくりが難しいのは自分も同じなので、まあ分からないでもない。

それにしても山田の態度が意外だった。

以前ならばもっとおろおろうじうじと、行けないが行きたい、行きたいが行けないというのを繰り返していただろう。

「あらまあ、困ったわねえ。人間ドックの日にちを変えていただけるかどうか問い合わせてみましょうか」

桜子の言葉に仁が首を振る。

「オーナーにそこまでしていただくわけにはいきません」

「それでは澄香さん、当日は臨時休業になさいます？」

桜子の提案にうつむいて何か考えていた様子の山田が顔を上げた。

「いえ、私は店を開けたいと思います」

山田は聞いているこちらが驚くほどはっきりと意思を明確にした。

チャンス到来。

是非、自分が代わりに——と立候補したいところではあったが、言うまでもなく孝にそんな暇はない。

来月に予定された伊東《いとう》の旅館に向かう日程を確保するために、今日を最後に当分、休みは取れそうにないのだ。

「あら、電話だわ。いいわ。わたくしが。菜都実さん、失礼しますわね」

店の奥で鳴るベルの音に反応した山田を制し、桜子が小走りに向かう。

菜都実は頭を下げ、持参した書類を鞄《かばん》にしまっている。

元々、彼女はカフェのテーブルで読書をしていることが多かった。時折、桜子や山田と話をする程度なのだ。

孝がその場に残っているのもおかしな具合なので、カウンターを横目に見ながら住居部分へ抜ける通路へ向かう。

「んじゃ、んじゃさあ俺行くー。お誕生日」

手を挙げたのは虎之介だった。

「いや。女性一人のお宅なので女性でないとまずいんだ」

へえ？　と思った。

一人で出張料亭を呼ぶとはずいぶんと豪勢な話だ。

まあ、しかし考えてみれば、多忙な女性が自分へのご褒美《ほうび》とか何とか言って、こういう依頼をするのもこれからの時代アリなのかも知れないな、などとトレンド予想を立ててみる。

「はあ？　マジすか。しょうがねえな。んじゃ、このオレ様が女装してやろうじゃないか」

虎之介が胸を張って言う。

虎之介の女装か……。それはそれで見てみたいと思ったが、仁が許さなかった。

「ダメだ。余計にややこしい」

まあ、それもそうかと思い直す。

いかに顔がかわいくとも、虎之介は一応男だ。

騙すようなことをするのはコンプライアンス上も好ましくない。

うむ、さすがは仁。素晴らしい判断だ。

そうは思ったのだが、ではどうするのか。

誰か知り合いを頼むか、と皆が額を寄せ合っている。

その時だ。

「では、私が行きますわ」

背後から声が聞こえた。

声の主を見て、愕然とした。

顔を覗かせたのは丹羽エリカだったのだ。

「は？」

そう声をあげたのは虎之介だが、孝も内心同じだった。

一瞬、場の空気が凍りついたように感じたのは気のせいだろうか。

「誰、この人？」

虎之介が小声で山田に訊く。

そういえば、宇山宅のパーティーの際、虎之介は玻璃屋にバイトに行っていたし、コンサートのチケットもいらないと言うのでやらなかった。

エリカとは面識がないのだ。

「あー……。ピアニストさんだよ。丹羽エリカさん」

山田の答えは先ほどとは打って変わってはぎれが悪い。

彼女はエリカと仁のことを知らないはずだが、何か思うところがあるのか。表情が硬い。

「ふうん」

虎之介はじろじろと不躾な視線をエリカに送っている。

「で、なんでピアニストのお姉さんが出張料亭に行く話になってんのさ」

「お困りのようですので」

エリカはにっこり笑った。

相変わらず大輪の花のような美しさだ。

しかし、あの夜、孝が感じた毒々しいまでの妖艶《ようえん》さは鳴りをひそめ、清楚で控えめな佇《たたず》まいを見せている。

まるで、あれが夢だったみたいだ。

そんなことを考えていると、虎之介がつんと唇を尖らせて言う。

「ピアニストって指が命なんじぇねえの？　お姉さん、知んないかも知れないけどさ、出張料亭の助手って結構ハードだよ？　泥のついた大根とか洗えますぅ？」

どうやら虎之介はエリカのことが気にくわないらしい。

まるで小姑のような言い方に思わず笑ってしまった。

しかし、エリカは動じる気配もない。

にっこり笑って言う。

「大丈夫ですわ。私の指を傷付けるようなことを、仁がさせるわけないもの」

仁が、だと？

この女、今、仁のことを呼び捨てにしやがったのか——。

孝はぎょっとしたが、山田と虎之介も同じように目を見開いている。

「ね、仁？」

エリカが上目遣いで仁を見上げ、小首を傾げた。

思わず仁の顔を凝視してしまう。

これで鼻の下でも伸ばしていたら、本当にヤツを軽蔑《けいべつ》していただろう。

だが、仁の表情は暗い。

照れ隠しで無理に作った表情などではなかった。

仁ウォッチャーを自認する孝である。めったに動かない表情の変化を見誤るはずはなかった。

「分かった。頼もう」

そう言う仁の顔はおのれに失望しているように見えた。

仁だけではない。

山田澄香もまた顔色を失っていた。

「ちょっとこっちに来てくれ」

「はい」

嬉しげに弾むエリカの返答に山田の肩がびくりと揺れる。

仁がエリカを連れて店の外に出ていくのを山田は何とも切なげな顔で見ていた。

「あの……」

遠慮がちに孝に声をかけてきたのは菜都実だった。

「どうかされましたか？」

平静を装いそうは言ったものの、どうもこうもないわなと自分でも思う。

孝だっていたたまれないのだ。

山田澄香はお通夜みたいな顔をしているし、虎之介は大いに憤慨していた。

彼なりの、店内への配慮だろう。声をひそめながらも「何よぉ、あの女」と裏声で言う。

虎之介のことだ。たぐいまれなる創造力を駆使《くし》して、嫉妬《しっと》に狂《くる》う女心を演じてでもいるに違いなかった。

それだけの騒ぎに気付くなという方が無理だろう。

「今の女性はどなたでしょう」

菜都実に訊かれ、返答に窮《きゅう》する。

「あー。ピアニストさんですね」

奇しくもさっきの山田と同じことを言ってしまった。

「そうなんですね」

菜都実はうなずいたが、どこか浮かない表情だ。

そりゃまあ、こんな説明じゃ納得いかないだろうなと思っていたら、彼女が言った。

「あの、お客様との会話を漏らすことは本来許されないことなのですが、どうしても気になることがあるんです」

「お客様、ですか」

一瞬、おりおり堂にとって、という意味かと思ったが、そうではなかった。

彼女は以前に街を流している際にエリカを乗せたことがあるそうだ。

エリカはあの通りの美貌だし、指示されたのが馴染みのある『骨董・おりおり堂』だったため印象に残っていたようだ。

『骨董・おりおり堂』の前で車を降りたエリカは当然、店内に入るのだろうと思っていたが、そのまま店の前に立っていたという。

「それは、入りにくかったとかですか？」

エリカの本性とでもいうべきか、したたかな部分を知る孝としては、そんなタマかよと思わないでもなかったが、菜都実が何を言わんとしているのか分からないので、当たり障りのない言葉を選んだのだ。

「いいえ」

菜都実がぴしりと否定した。

「そうではないと思います」

菜都実が言うに、エリカはそのまま店内をうかがうような素振りを見せていたそうだ。

「彼女、澄香さんに何か思うところがあるのではないかと」

「まあ、確かにそうかも知れませんね……」

菜都実がどこまで見ていたのか分からないが、さっきの仁とのやりとりは山田に見せつける目的でなされたものだという気がする。

しかも堂々と二人、腕を組んで店を出て行ってしまったのだ。

まだ帰ってこない。

気になって店の外を見やる孝に、遠慮がちに菜都実が言った。

「あの。こんなこと、孝さんにお願いしていいのかどうか分からないんですけど、澄香さんのこと気をつけてあげてくれませんか」

菜都実とは今日、例の簈を巡って会話したのが初めてだ。

孝の名前を呼ぶのもためらいがちな様子である。

そんな状況で俺を選ぶのか、と孝は思った。

菜都実は孝の職業というか立場については何も知らないはずだ。

桜子も仁も橘グループとの関係を公にしたがらない。

つまり、菜都実は孝のことを桜子の孫にして、仁の弟、という程度の情報しか持っていないわけだ。

それでも俺を選ぶんだなと孝は思う。

まあ、実際のところ菜都実としては孝にでも頼むしかないのかも知れない。

仁には言えないだろうし、桜子にだって余計な負担はかけたくないはずだ。

残る人間は孝か虎之介なのだ。

孝だって同じ立場なら自分を選ぶ。

しかし、あいにくだったな菜都実さん。孝は内心、そうつぶやく。

俺は山田を排除するためにここにいる。

つまり、あなたは敵に山田を守れと頼んでいるのも同然なんだよ——。

不安げな菜都実の顔に、孝は少々荒いやり方を選ぶことにした。

「それはあの女性が山田さんに何らかの危害を加えるかも知れないという、あなたからの警告だと取ってよろしいですか？」

菜都実はさすがに言葉に詰まった様子だ。

「ご、ごめんなさい。不確かなことを言うべきではないのは分かっています。だけど、私はおりおり堂が大好きなんです。どうか今のままの形で骨董のお店も出張料亭も残して欲しいんです」

がばりと頭を下げられ、孝は思わず腕組みをした。

「そうは言ってもですね……」

俺に言われてもな、というのが正直な感想だ。

とりあえず女性に頭を下げさせたままにもしておけないので、「自分にできる限りのことはする」と約束した。

しかし、皮肉だよなと孝は考えている。

そもそも孝自身が『出張料亭・おりおり堂』にとっての破壊者なのだ。

残念だが、菜都実との約束は守れそうになかった。

二人の仁とおひとりゾンビ

十一月の終わり。澄香は休みを取っていた。

元々『骨董・おりおり堂』の定休日なのだ。

狭い楽屋のような部屋でベッドに腰掛けている。

近くの部屋の住人は仕事に出かけているのだろう。しんとしている。

遠くで車の走る音が聞こえる。

何もする気がしなかった。というか、何をすればいいのか分からないのだ。

こんな風に自室で一人過ごすのはいつ以来だろうか——。

澄香はため息をついた。

もうずっと休みらしい休みがなかったせいで、休日の過ごし方を忘れてしまったようだ。

おりおり堂と出会うまで、自分は一体どうやって休日を過ごしていたのだろう?

ぼんやり考えながら、天井のランプに目をやる。

休みを取れなかったわけではない。

取らなかったのだ。

『骨董・おりおり堂』の定休日といっても、『出張料亭・おりおり堂』の方で予約が入っていることも多かったし、店に行けば何なりとすることがあった。

虎之介は過労死する、なんて心配してくれているようだったが、そんなわけはない。

だって、澄香にとって二つのおりおり堂は仕事ではあるが、楽しみでもあるのだ。

おりおり堂には日々発見があり、学ぶことが多い。

部屋で一日くすぶっているよりは『骨董・おりおり堂』に出かける方が何千倍も何万倍も楽しかった。

この部屋で過ごす時間はつまらない。

彩りもなく、遊びもない。

小さなバストイレとベッド、わずかな空間。生きていくために最低限の設備があるだけだ。

もっとも、色彩がないわけではなかった。

ピンク色のバラの形のちゃぶ台だとか、フリルのついた若草色のベッドカバーだとか。

せめてガーリーに楽しく飾ろうと思ったかつての自分が選んだものだ。

けれど、その色は鮮やかすぎて逆に痛々しかった。いくら表面だけ華やかに飾っても、中身がない。張りぼてのようだと思う。

そんな部屋で澄香はスマホを手に取り、先日も見ていたサイトに目をやった。

あまり熱心とも言えない視線を送る。

澄香が見ているのは賃貸の物件情報のサイトだった。
そんなに広くなくていい。神社の骨董市で買った飴色のランプが似合う部屋。
条件はそれだけだった。

最近になって、もしかしてと感じることがある。
「山田。もし良かったらその変化を俺と一緒にここで見届けてもらえないだろうか」
割れたマグカップを継いだ銀の経年変化のことだ。
これってもしかして、プロポーズ？　と澄香を舞い上がらせた仁の言葉だ。
だが、今になってその言葉をよく考えてみると、まったく違う意味にも取れる。
たとえばビジネスパートナーとでもいうのだろうか。
「おりおり堂を支えるスタッフとしてずっとここにいてくれればいい」
そういう意味だったのではないかと思うのだ。
仁の助手は自分しかいないのだとずっと思いこんでいた。
けれど、そんなはずはないのだ。
自分はなんて思い上がっていたのだろう。
そう考えると消えてなくなってしまいたくなった。
はっきり言って、澄香程度の能力の持ち主は掃《は》いて捨てるほどいる。

多忙な孝には無理だとしても、虎之介がめきめきと頭角を現しているのだ。

彼にだってその役目を果たすことはたやすいだろう。

女性でなければダメだというのなら、他にスタッフを雇えばいいわけだし……。

そこまで考えて、澄香はベッドの上にスマホを放り投げた。

考えまいと思っていたが、やはりダメだ。

どうしても無視できないことがある。

丹羽エリカ。同性が見てもため息の出るような妖艶な美女だ。

彼女が仁の腕を取り、二人して店を出て行く姿が脳裏に焼きついて消えない。

何かの拍子にあの光景がフラッシュバックしてしまうのだ。

本当は新しいスタッフを雇うまでもなかった。澄香が『出張料亭・おりおり堂』に同行できない時にはエリカがその役目を果たしてくれるだろう。

実際、昨日の出張に、仁はエリカを伴っていった。

澄香は『骨董・おりおり堂』の店番をしており、仁がエリカを車に乗せて連れていくのを見送ったのだ。

「いってらっしゃい」

「ああ。行ってくる」

ぶっきらぼうに仁が返事をする。

その傍らにはエリカがいた。

◆

晩秋の弱い陽光が景色を金色に染めている。

午後三時。

既に太陽は傾き始めている。

これから長い夜が始まるのだと思い、刺すような冷たい風に澄香は身をすくませる。

本当は少し期待していたのだ。

仁が思い直して、やっぱりエリカなんか連れていけないと言うんじゃないか、なんて。

甘い考えだった。

本当に仁はエリカを伴って出張に出かけてしまった。

ペパーミントグリーンの見慣れた車が遠ざかっていく。

長い長い夜だった。澄香はつとめて普段通りに装いながら、その実、気もそぞろだった。

閉店しても、二人は帰ってこない。澄香は帳簿をつける作業の手を何度も止め、帰ろうとして傍らに置いたコートに袖を通しかけてやっぱりやめた。

座り直して、ふたたび帳簿を開く。

明日はお休みだから、今日のうちに仕事を片付けてしまいたくて――。

ぶつぶつと、こんな時間まで居残っている言い訳を考えている。

いいえ、決してあなたたちを待っていたわけじゃないわ。

それとも、あまりに帰るのが遅いから何かトラブルでもあったのではと気になって待っていたとか？

それぐらいなら大丈夫かな――。

そうだよね。澄香はうなずく。

だって私はまだ『出張料亭・おりおり堂』の助手なのだ。

今夜の出張がどんなものだったのか、お客様は喜んでくれたのか、確認する義務があるのではないか、なんて考えてみる。

あるいは、申し送りを受けるために残っている？

それぐらいの責任感があっても、おかしいことじゃないよね？

それともうざいだろうか。

そんな薄っぺらい言い訳の裏にある澄香の真意なんてすぐに見抜かれてしまうかも知れない。

店を出るときに澄香を振り返った際の、エリカの勝ち誇ったような笑みが思い出され、澄香は唇を嚙んだ。

零時《れいじ》近くなって、ようやく澄香は立ち上がった。

もう帰ろう。いくら何でも終電を逃してまでここにいるのはダメだ。

どんなに言い訳してもごまかせない。

そうだよ。私はあなたたちがこんな時間まで何をしていたのかが気になって帰れずにいたんだよ——。

開き直って叫んでやろうかと思ったけれど、そんなことはできるはずもない。

マグカップの変化を共に見守って欲しいという仁の言葉。

一度は踊り出したいほどに喜んだあの日の彼の声が澄香を止める。

お前はただのスタッフなのだ。

だからそこで変化を見守っていればいい。

きっと、仁の真意はこれなのだ。

心の深いところ、多分一番柔らかい場所に打ち込まれたくさびのようだと思った。

逃れようとしても逃れることはできない。

どくどくと血を流しながらも、仁の言葉が枷《かせ》となり、縫い止められて動けないのだ。

仁は澄香に『骨董・おりおり堂』を守っていって欲しいと言った。

仁が敬愛《けいあい》する桜子が育てた店を受け継いで守っていく。

澄香に期待されているのは、その役だ。

仁を支えるのは自分ではない。彼の傍らに立つのは美しいピアニストの女性だったのだ。

店を出ようとしたところで、目の前にペパーミントグリーンの車が停まった。

仁だ。

「あ、わっ。仁さん、お帰りなさい」

「山田？　待っててくれたのか」

仁は意外そうな顔をしている。

やっぱりなあ、と澄香は思う。

この顔は澄香が待っているなんて思ってもみなかった顔だ。

そりゃそうか。

会社でいえば、澄香は隣の部署にいる割と親しいスタッフみたいなものなのだ。

そんな人が夜中まで待っていたなんて、好意のある相手でもなければ怖いだけだ。

とほほほほとでも言いたい気分だが、ここでじめじめしていては余計に不気味だろうと顔を上げる。

「あ、いえ。その、帳簿の整理などしておりまして」

努めて明るい声を出して言った。

山田澄香、断じてあなたの言葉を曲解し、勘違いをしていたわけではないのですよ。なので、こんな時間まで残っていたのは偶然。まったくの偶然なのです——。

澄香としてはそうアピールしているつもりである。

「ところで、エリカさんはどうされましたか？」

きょろきょろと周囲を見回すフリをする。

その実、澄香は車内をひと目見た瞬間、エリカの不在に気付いていた。

街灯《がいとう》の明かりが遠く、暗い車内だ。

素早く視線を走らせのは後部座席だ。彼女はいない。

続いて助手席に目をやるのが怖かった。

自分にはついぞ許されることのなかった場所だ。

そこにもし彼女がいたのなら、果たして自分は笑っていられるのだろうかと思ったからだ。

しかし、エリカはいなかった。

「彼女とは別行動だ」

仁が言って、不愉快そうに眉をひそめる。

おや、喧嘩でも？　と思ったが、隣の部署の知り合いがそんなことを訊いたら、セクハラのような気がする。

動く車の中は二人の世界だ。

下世話な詮索をするのは野暮というものではないかと澄香は考える。

はあ、と内心ため息をつく。

もし、自分がもっとおばさんならば、と澄香は夢想した。

いや、年齢的には十分おばさんなのだが、中身がおばさんになりきれていないのだ。

澄香は最近、考える。

おばさんというくくりに分類される女性たちほど生きやすい存在はないのではないか。

あの人たちは、自分をおばさんだからねーと貶《おとし》めながら、やりたい放題できるのだ。

もういっそ、おばさんになってしまおうか。

ちょっと考えてみる。

そちらの世界に行くのは簡単だ。

自分をよく見せたい。

人に笑われたくない。

恥ずかしい思いをしたくない。

そういう気持ちを捨てることができればそれでいいのだ。

もしも、自分がおばさんだったらこんな時、なんて言うのだろうと澄香は考えている。

「ちょっとお兄ちゃん、あんな美人さん一人で帰らしちゃいけないよ。ちゃんと家まで送り届けてやらないとさ」

なんて言って、仁の腕の一つでも軽く叩いて冷やかすわけか。

「んで、どうだったのよ、今夜の出張料亭はさ。もしかしてあんた狙いの依頼人だったんじゃないの？」

実はそれは予約時から懸念されていたのだ。

以前からの仁のファンの間では、抜けがけ禁止の暗黙の掟《おきて》があったが、長いブランクの間にその辺りの決まりがうやむやになってしまっていた。

今回の依頼人は予約の目的が当初から二転三転している。

言葉は悪いが仁を借り切るつもりなのでは、との疑惑があった。

「しっかし、だとしたら見ものだよね。何しろ助手がさ、いつものこんな冴えないおばちゃんじゃなくて、とびきりの美人だもの。そりゃあ依頼人さんだってぐうの音も出ないだろうさ」

脳内のおばさんは声高に言うが、澄香はそれを声に出すことができなかった。

たとえ隣の部署の知り合い程度でも、下品なおばさんだな、などと仁に思われたくはなかった。

いや、彼の場合は以前から澄香を知っているのだ。

「山田のヤツ、最近、おばさんみたいになってきたな」とか「こんな下世話なおばさんだったとは呆れたな」などという感想を抱かせてしまうことになる。

いや、もうホントしんどい――。

想像しただけで顔から地面に崩れ落ちそうだ。

そんな風に思われるぐらいならば、この山田、無言を通す。

道ばたに立つ石の地蔵のように口をつぐんでおこうぞ。

そんなことを考えて真一文字《まいちもんじ》に唇を引き結んでいると、仁が言った。

「彼女、依頼人と意気投合したらしくて、二人で飲むからといって残ったんだ」

「へ？」

意外すぎる展開に、思わず間の抜けた声が出てしまった。

なんだそれ――。

助手としてあるまじきことではないのか。

いや、そもそも依頼人と一線を引くのが我々『出張料亭・おりおり堂』のセオリーなのではなかったのか。

などと、澄香の内なるおばさん、いやこれはもはやおじさんかも知れない。とにかく、これまでの人生を美女として歩んできたであろうエリカの中にはそもそも搭載されてさえいないに違いない言語の使い手が澄香の中でざわめいた。

しかし、実際に澄香の口から出てきたのは意味をなさない言葉の羅列《られつ》だ。

「え、えーとそれは、えーと、どうなんでしょう……あ、でも私たちもアミーガさんのお宅では、アレでしたか」

「山田」

車のトランクに手をかけていた仁が言った。

「お前の言いたいことは分かっている」

言いたいこと、それは小言か。

まあ、確かにここにエリカがいたならば声を大にして言いたい。

「エリカさん、あなたね。どういうおつもりなのかしら。出張料亭はお友達探しに出かけるものじゃありませんよ。第一、店に戻って器材の片づけをするまでが助手の仕事です。それを途中で放棄して飲んだくれるだなんて。まったくどういう了見なのかしら。親の顔が見たいですわ」

なんかお局《つぼね》さまみたいな顔してましたかね、私は――。

頬に手を当て触ってみるが、表情筋が死んでいた。

これはいわゆるチベスナ。チベットスナギツネみたいな顔になっていると思われる。

暗がりで澄香はチベットスナギツネの百面相をしてみる。

仁が苦々しげに言った。

「すまない山田。だが、もう少し時間をくれないか」

「あ、はい。仁さんがそうおっしゃるなら……」

こりゃあれだな、と澄香は思う。

そりゃ、あれ程の美女だもんね。結局、彼女のわがままを叱れないから、もうちょっと時間をくれって言ってんだろ。

はいはい、分かりましたよ。

わがままもかわいいってヤツだね。

ヤダねえ。仁さんもただの男だったってわけだ。

そんでアレだろ。知り合いに自分のそんな姿を見られんのが気まずくて、めいっぱいカッコつけて苦々しげな顔で言ってんだろ？

そりゃそうだ。

寡黙でストイックな料理人で売ってんだもんね。

仕事絡みでこれじゃ、カッコつかないよ。

などと頭の中のおばさん連中は威勢が良かったが、実際のところ、澄香は「はい」としおらしくうなずくことしかできなかった。

◆

十二月に入った。

慌ただしい年の暮れだ。

歳時記の部屋では、きれいな古裂に色とりどりの愛らしいまち針を刺してある。針供養《はりくよう》の豆腐に見立てたのだ。

その傍らには布を寄せて作ったお手玉や古い糸切りばさみを置いてある。

エリカはあれから姿を見せなかったし、仁も彼女のことは話さない。

澄香は再び『出張料亭・おりおり堂』の助手として、時間のある時には同行を頼まれるようになっていた。

「澄香さん。くれぐれも皆様によろしくお伝え下さいね」

見送りに出てきた桜子が言う。

「はい。オーナーもお気をつけて」

桜子は今回、伊東の旅館には行かない。

一人、留守番をすることになったのだ。

先月、訪れた長女の典子の意向はやはり、旅館の売却はしないというものだった。

当然、旅館の財産である骨董類も売る気はない。

しかし、彼女の亡くなった父が残した手紙には、完全に旅館を廃業《はいぎょう》する際に、旅先で出会った料理人に料理を作ってもらいたいと書かれていたはずだ。

桜子がそれを案ずると、典子はにっと笑った。

「もちろんそうなのですが、父はその手紙を言葉通りの意味で残したのではないかも知れないと思うんです」

典子という女性は不思議な存在感のある人だった。

安心感というべきだろうか。

彼女が言うのだから、きっとそうに違いないと思わせるようなものがあるのだ。

「桜子さんや澄香さんにはわざわざあんな遠いところまでお越しいただいて本当に申し訳なかったのですが」

大きな身体を申し訳なさそうに縮《ちぢ》める典子に思わず笑みを誘われる。

「いいえ、そんなこと。ちっとも構いませんのよ」

桜子はにこやかに首をふった。

「それよりも、皆さんのお気持ちが揃っていないのに、うつわやお道具を手放されることにならなくて本当に良かったですわね」

桜子は、売却推進派の兄妹が強引に売却を進めてしまったのではないかと案じていたらしい。

典子は嬉しそうな顔をした。

「こちらのお店では、思い出を大切にして下さるんですね」

彼女の言葉に、桜子がうふふと笑う。

「そうですわね。骨董を扱うことはね、どなたかの大切な思い出を、次に必要とされる方にお渡しする仕事だと思っておりますの」

なるほど、と澄香もうなずいたのだ。

「では、オーナー。行って参ります」

仁が桜子に頭を下げる。

「お土産《みやげ》買ってくるからねー」

虎之介が手を振っている。

澄香は見送る彼女に何度も頭を下げて、ようやく仁の車の後部座席に座った。

「心配するな。オーナーは気丈な方だ」

仁の言葉にうなずいたものの、やはり心配だった。

何しろ仁も澄香も虎之介も出かけてしまうのだ。

こんなことはここ数年、なかったことだ。

仁の言うとおり、桜子は気丈な人だし、まだまだ元気でしっかりしている。

それでも年齢を考えれば、不測の事態が起こらないとも限らないではないか。

御菓子司・玻璃屋や近所の店、古内《ふるうち》医院の先生方にも、さりげなく気にかけてもらえるよう頼んであるので大丈夫だろうが、店の方だって気になる。

「山田はすっかり骨董の店長だな」

仁の言葉に澄香はうっとなった。

仁に揶揄するつもりなどなかったはずだ。

そのニュアンスは、たとえていうなら、隣の部署の新人が数年経って仕事に慣れてきたことを褒めるようなものだった。

だが、しかし、今の状況でその言葉は澄香の心にぐさりと刺さる。

今日はまだ『出張料亭・おりおり堂』の助手の立場であるが、いつそこから放り出されてしまうか分からない。

考えてみれば今日だって、澄香を誘わずエリカを連れて行ったとしても不思議はなかったのだ。

いや、と澄香は遠ざかっていく『骨董・おりおり堂』を振り返りつつ、考える。

残る桜子のことを案じるならば、その方が良かったのかも知れない。

だが、イヤだった。譲りたくなかったのだ。

先方の人たちと面識があるのをいいことに、澄香はこのポジションにしがみついてきたのだ。

高速道路をしばらく走り、途中のパーキングエリアで孝と落ち合う。

ここでまた一悶着《ひともんちゃく》あった。

「さて、では山田さん。私の車にどうぞ」

孝が言うのだ。

「は？」

思わず聞き返すと、孝は肩をすくめた。

「まさかと思いますが、この私が道案内を求めてわざわざこんなところであなた方と落ち合っているなんて思ってませんよね。運転手以外はこちらの車に引き取った方がいいかと、親切心から提案しただけですから誤解なきよう」

「あ……えーと、そうなんですか？」

仁との間にそんなやりとりがなされていたとは知らなかった。

ちらりとこちらに目をやった仁の視線が澄香を試すように見ているように思われて、うろたえてしまう。

ふ、と孝が笑うのが聞こえた。

相変わらず高級なスーツ姿の孝は銀縁の眼鏡をくいと上げ、億劫そうな仕草で肩を回している。

「別に強要はしませんが、あんな狭い車で長時間のドライブ。疲れると思いますよ」

そう言って駐車エリアを目で示す。

先に着いていたのは仁の車だったのだが、後から来た孝は迷うことなくその隣に駐車していた。

ペパーミントグリーンの軽自動車と、ドイツ製の超高級車だ。

大きさだけを比べても倍はありそうだった。

「女性をエスコートするのにこんなミニカーみたいな車では男の名折れですよ。まったく紳士のすべきことではない」

出会い頭から、孝の皮肉は絶好調だった。

「山田、どうする？　孝の車が良ければ行っていいぞ」

仁の言葉に、はっと我に返る。

車のキーを持った二人の男がじっと澄香の返事を待っていた。

これは何と――。

寡黙でストイックな料理人と、皮肉屋の超エリート。

二人が自分の車へと私を誘っているわ。

などと乙女ゲー的なことを考えてみたが、気分はいっこうに盛り上がらなかった。

ここまで長い時間をかけて、澄香は仁と勘違いゲームをやってきた気がする。

しかし、それももう終わりが近いのだ。

考えてみれば、澄香は自分の心のもっとも柔らかいところを守るため、妄想をたくましくしてきただけなのかも知れない。

けれど、もうその妄想も涸《か》れ果ててしまった。心は晴れず、何も楽しくなかった。

「あ、はーいはいはい。俺、ベンツ」

虎之介が手を挙げて言うと、孝がうなずく。

「いいだろう。貴様に快適な旅路を約束しよう。山田さんはどうしますか？」

孝の車に乗せてもらえば、とりあえず仁と二人で気まずい時間を過ごすことは回避できるだろう。

いや、と澄香は思い直した。

そもそも、気まずいのは澄香が勝手に勘違いをしていたからだ。

仁の言葉を都合の良いように解釈して、プロポーズを受けたと思い舞い上がっていたのだ。

そこに仁にとっての本命が現れたからといって勝手に気まずくなるのは恥の上塗りというものではないか。

山田澄香、ここで引いては女がすたる。

「私はやっぱり仁さんに乗せてもらいます。助手ですから」

「結構。それではまた後ほど。あんな車じゃ到底《とうてい》こちらには追いつけないでしょうからね。別行動ってことで。あ、ナビはあるのかな？　山中で道に迷ったりしたら目も当てられない」

「あ。ちゃんとナビはついてますので大丈夫です」

小馬鹿にしたような孝の言葉に、澄香が代わって答える。

「そう。じゃ失礼しますよ」

孝は背中越しに手を挙げると、虎之介を促し助手席に乗せ、華麗なハンドル捌きでパーキングエリアを後にした。

「じゃ、行くか」

仁が言う。

は、はいと勢いこんで向かったものの、澄香の定位置はやはり後部座席だった。

仁と澄香。

車中でおこなわれたのは隣の部署の知人レベルの会話である。

変わり映えしない車窓の景色に、澄香が気の利かないコメントをし、仁がひとこと、ふたこと返事をするというパターンに終始した。

盛り上がりとは無縁である。

それは澄香が仁と出会った時から変わらない。

だが、それを気まずいと思ったのは最初の頃だけだった。

いつしか馴染み、これといった会話がないのが当たり前のようになっていた。

これを心が通じているからだと思えれば幸せだったのだ。

高速を降りて三十分も走ると、次第に景色が変わり山並みが近づいてくる。

山は紅葉に覆われていた。

夕日に赤く染めあげられ、美しい色彩の絵巻物のようだ。

「わあ、きれいですね」

「ああ」

それにしても日没が早い。

そうこうしているうちにも赤い夕日の最後の一条が山《やま》の端《は》に隠れて消える。

辺りには夕日のなごりがとどまり、いくらか明るいのだが、車外の温度がぐっと下がったようだ。

車の中も冷えてくる。

「寒くないか?」

仁に訊かれ、澄香は大丈夫ですと陽気に答えた。

本来の自分はまったく陽気ではないし、実際のところ寒いのだが、隣の部署の知り合いに遠慮なく寄りかかれる性分ではないのだ。

山道を登る間に、どんどん辺りが暗くなっていく。

ホーホーと聞こえるのは梟《ふくろう》だろうか。

山道には街灯もほとんどなかった。

車のヘッドライトが照らすアスファルトを眺めていると、不意にたぬきか何かが飛び出してきそうで怖い。

ようやく木々の向こうに明かりが見えてきた時には、ほっとした。

どうやらもう旅館の敷地内に入っているようだ。

めざす建物に向かう細いアプローチの両側には、庭園灯が等間隔に置かれ、道を示している。

宿泊客が訪れるわけではないのだ。

恐らく澄香たちの到着に合わせて灯してくれたのだろう。

旅館の建物の前で典子と娘のまどかが大きく手を振っているのが見えた。

「男性は申し訳ないですが、三人で同じ部屋をお使いいただきます」

典子が旅館内を簡単に案内しながら言う。

一瞬、孝がうっとなったのが伝わったのか、典子はすまなそうな顔をした。

「一人一部屋をご用意すべきなのですが、何分にも管理が行き届いていなくて、すみません」

頭を下げる典子に仁が「いえ」と言った。

「大人数で押しかけたのはこちらですから」

仁の言葉に見習いである自分の立場を思い出したのか、愛想の良い顔で孝はうなずく。

「ええ。部屋を用意していただき感謝しますよ」

今回は旅館の客室のうち、厨房に近い部屋を使わせてもらうことになっていた。

「澄香さんだけは一人部屋になってしまうのだけど大丈夫ですか？」

「あ、はい。もちろんです」

そう言うと、虎之介がにゅうっと顔を出してきた。

「あのさあ、奥さん？　屋根裏に開けちゃいけない部屋があんだよね？　それって開かずの間ってことかなあ？」

開かずの間？　それは澄香も初耳だった。

九月に桜子と二人でここへ来た時、まずは典子の自宅応接間で話し合いがなされた。

旅館の建物については大広間といくつかの客室、あとは庭を案内してもらっただけなのだ。

典子は「おや、何のことでしょうか？」ととぼけた顔をした。

「またまたぁ」と言いながら、虎之介は顔を洗う猫のような仕草で、長く伸ばしたセーターの袖の中で丸く握った手でくしくしと頬のあたりをこすっている。いわゆる萌え袖というヤツだ。

「開かずの間のある旅館なんでしょ。だとするとさ、夜中に何か、その部屋から出てきたりするんじゃないの？」

「お客さん」

典子がうつむき、不気味な声を出した。

彼女の普段の声からは想像もつかない、細く震える声だ。

「好奇心というのは猫をも殺す。そう申しますが、本当ですね。時に好奇心は人間を愚かにするものでございます」

怪談話の語り手のような口調になってきた。怖い。

玄関から客室へ向かう折れ曲がった廊下の途中で立ち止まり、彼女は恐ろしそうに聞き手の顔を見回す。

虎之介も孝も『骨董・おりおり堂』で彼女がまどかを叱った際に芝居がかった声音《こわね》を聞いているのだ。二人は驚いてはいない。

仁は多少は驚いているようだが、元々この人はあまり感情が表に出ないのだ。

「実は前にもそう言って来られた方がいらっしゃったんですが、残念ながらその方は……」

「え、どうなったのさ」

典子はフフフと笑った。

「これ以上は当館の評判に関わりますので申し上げられません」

「なーんだあ」

残念そうな声をあげる虎之介に典子が言った。

「さ、お部屋に案内いたしましょう。ゆめゆめ探検しようなんて思われませんように」

「ええっ。だめー？」

唇を尖らせて見せる虎之介に、典子はずいと顔を近づけた。

「絶対にだめです」

「そう言われると行きたくなるのが人情ってヤツじゃん」

彼女はゆっくりした口調でひとことひとこと区切るようにして言った。

「何人もの方が変死を遂げているのです。どうか桜子さんを悲しませるようなことはなさらないように」

妙にはっきりした声でそう言い残し、彼女は客室に向かって足早に歩き出した。

「うっそ。マジかあ」

虎之介が怯えた様子で孝の腕にぶら下がっている。

いやいや、それは多分、キミを牽制するためのブラフだよと思ったが黙っておいた。

澄香のために用意された部屋は一人には広すぎる二間続きの客室だった。

夜、典子の家で夕食をごちそうになったあと、旅館に戻り、あてがわれた部屋に入る。

露天風呂や大浴場は現在、使えない。部屋にある内風呂に入るしかないわけだ。

澄香は一人さびしく室内を見回した。

十畳以上ある奥の和室、つきあたりが障子《しょうじ》だ。

障子の向こうは板張りの廊下になっていて、向かい合った籐製《とうせい》の椅子とテーブル。冷蔵庫にドレッサーが置かれている。

窓の外の景色を見ようと目をこらすが、真っ暗で何も見えなかった。

大きな窓には室内の景色が映りこんでいるばかりだ。

窓の下は川だと典子に聞いていたとおり、水の流れる音がする。

さわさわと風が木々を揺らす音。

枕が替わったために寝つけなかったという事態にもならず、用意されていた布団を敷いて横になると、すぐに寝た。

朝、一度は目覚ましに起こされた覚えがある。時刻は六時。障子の向こうはまだ暗かった。

布団から手を出すと室内は冷え切っていて、ひゃっと慌てて手をひっこめる。

全館の空調は使えないので、宿泊する二部屋にそれぞれファンヒーターが置かれていた。

しかし、そのヒーターまでが遠い。

つい布団にもぐりこみ、うとうとと二度寝をしてしまった。

はっと気がつくと目の前がずいぶん明るいではないか。

スマホを見ると、八時を回っている。

「うっわー」

慌てて飛び起き、障子を開く。とりあえず何をすべきか分からなかったからだ。

澄香は息をのんだ。ガラス窓の向こうの景色に目を奪われたのだ。

太陽はもうすっかり高い。

天気は快晴。抜けるような青空をバックに、紅葉が山を染めている。

窓の下を見おろせば、木々の葉を透かす形で、川の流れがごつごつした岩場にぶつかり、白い飛沫《しぶき》をあげているのが見えた。

竜田川のようだと思う。澄香の作ったディスプレイそのままなのだ。

ただし、残念ながら少しだけ時期が遅かったようだ。

紅葉はもう見頃を過ぎているのだろう。どことなく色褪《いろあ》せて見える。

それでも風が吹くたびに、葉っぱが舞い散り、川面に落ちるさまはまさしくあのディスプレイのようだった。銀糸の帯とドウダンツツジの紅、色とりどりのガラスの食器。

あのディスプレイについて、仁が誤解していることがある。

あれは奈良を流れる竜田川ではないのだ。

◆

梅雨《つゆ》時、澄香は大阪に住む吾妻美冬の許《もと》を訪ねた。

美冬は例の澄香が割ってしまったマグカップを修繕してくれた金継ぎの専門家だ。

彼女は大阪の北部、箕面《みのお》の住宅地にあるアトリエと住居を兼ねた一軒家に一人で住んでいる。

その時に一枚の写真を見せてもらったのが印象に残っていた。

みごとな紅葉と美しい滝の写真だ。

澄香は知らなかったが、箕面には大きな滝があり、紅葉で有名なのだそうだ。

「秋やったらねえ、澄香さんをお連れしても良かったんやけど」

彼女は残念そうに言った。

「ねえ、秋にもう一度、橘先生もご一緒においでになれへんかしら。もみじの天ぷらいう名物もありますのんよ」

もみじの天ぷら？　どんなものなのか想像がつかない。

何か別の食材でもみじをかたどってあるのだろうと思ったがそうではないようだ。本物のもみじに衣をつけて揚げてあるという。

「それは天つゆか何かで食べるんですか？」

澄香の問いに美冬はころころと笑った。

「いいえ、そのままぱりぱり食べますのん」

箕面に古くから伝わる伝統の甘い衣のお菓子なのだそうだ。

結局、日程が合わなくて今年の紅葉の時期に訪ねることはかなわなかった。

「来年こそは参りましょうね。わたくしももみじの天ぷらを食べてみたいのよ」

桜子とそう約束している。

そんなわけで澄香が歳時記の部屋のディスプレイにしつらえたのは箕面の滝だったのだ。

考えてみれば、澄香が知らない仁の時間があるのと同様、澄香の中にも仁の知らないものが増えていっているのだ。

それぞれの世界が広がるにつれ、そうなる。少しさびしいけれど、自分たちはもう進むべき道が違うのだ。成長のために必要なことだった。

◆

洗面所で顔を洗い、簡単なメイクをすませ、ふすまを開ける。

畳の部屋からふすまを隔てて小さな板の間があり、その下がたたきになっているのだ。

脱いだ靴はそろえてあり、持参したキャリーバッグが置いてある。

靴をはいてたたきをこえると、凝った寄せ木細工の扉があった。

ゆうべ、帰り際に典子から、玄関と窓にしっかり鍵《かぎ》をかけておくよう言われていた。

「え、なぜでしょうか？　今夜は私たちしかいないんですよね」

「だからこそです。普段この建物には警備《けいび》システムが入っているんですけど、今日は切っていますから」

こぢんまりしているとはいえ、それなりの規模の旅館だ。

典子は自宅に戻ってしまうし、ここに残るのは四人だけなのだ。

「最近、近くで別荘あらしがあったんです。あまり脅《おど》かすようなことを言うのもどうかと思ったんですけど、まだ犯人が捕まっていないようなので」

気をつけるに越したことはないというのだ。

なるほど、休業中の旅館というのはそんな心配もあるらしい。

継続にせよ売却にせよ、早く決着をつけたいわけだ。

そんなことを考えながら部屋を出ると、虎之介に会った。

「おっ、スミちゃんおはよう。今、起こしにきたんだぜ。朝ごはんできたってさ」

「うわあマジかあ」

礼を言いつつ、頭を抱える。

朝ごはんを作る手伝いをするつもりだったのだが、完全に出遅れている。

もう八時半なのだ。無理もなかった。

営業していた頃、朝食を出していたという食事処に入ると、孝が茶碗を運んでいた。一番手前のテーブルに食器が並んでいる。

「あ、山田さん。おはようございます。もうできますから、座ってください」

「うぉ。すみません、お手伝いもせずに」

「お気になさらず。俺にとってはこれも料理修業なので」

あいかわらず隙のないスーツ姿で孝が言う。きびきびした言動もあって執事のようだ。

澄香が恐縮していると、厨房から仁が土鍋を手に入ってきた。

「典子さんが食材を用意して下さっていたので使わせてもらうことにした」

「あ、そうなんですね」

東京からも食材を持参してきてはいる。

『出張料亭・おりおり堂』が依頼された料理を作るのは明日だ。

先代が作っていたものを、そのままレシピを引きつぐ形で再現するのだ。

現地調達できるものはするが、手に入りそうもないものは持ってきている。

仮にもプロの料理人が依頼人の手をわずらわせるわけにはいかないだろう。自分たちの食事も作れるように用意してきたのだ。

仁が土鍋のフタを取ると、ほわりと湯気が立ち上がる。

炊きたてつやつやの白米だ。

見ているだけで豊かな気分になる。

お腹がぐうぐう鳴った。

「あ、やります」

せめてもと、仁からしゃもじを受けとり、鍋底から混ぜると、おこげができていた。

何ともおいしそうだ。

典子から差し入れられたのは今朝、畑でとれたホウレンソウに地元産のアジの干物《ひもの》、そして自家製の野沢菜《のざわな》漬けだそうだ。

驚いたことに仁と孝、さらには虎之介の三人で朝から買い物に出かけたらしい。

近所で新鮮な卵を買い、人気だと聞いた豆腐屋に並んで豆腐を買ってきたのだという。

それらを使った料理が食卓に並んだ。

四人揃って「いただきます」と手を合わせる。

「けどさあ、なんかめちゃくちゃ見られてたよな俺たち」

虎之介が言った。

買い物に出かけた先々で人々の視線を感じたというのだ。

そりゃ早朝から目の覚めるようなイケメンが三人も歩いていれば目立つに決まっている

のでは？　と思ったが、失礼な気もするので黙っておく。

「あれってさあ、孝のせいだと思うんだよ俺は」

「は？　なんで俺のせいなんだよ。お前だろお前」

孝と虎之介の応酬《おうしゅう》が始まった。

「いや、あんたですって。なんでこのリゾート気分のさわやかな朝の空気にスーツ着るかな」

「うるさいぞガキ。スーツは大人の戦闘服《せんとうふく》なの」

「は、橘グループは朝から戦闘にお出かけなの？　ヤダぁ、物騒だにゃん」

あざとい語尾に思わず笑ってしまったが、反応したのは澄香一人で、何となく食卓の注目を集めてしまった。仕方がないので参加できなかった理由についてコメントしておくことにする。

「いやはや、なんともお恥ずかしい。私だけが惰眠《だみん》をむさぼってしまいまして」

澄香が言うと、ブフォッと音がした。見れば孝が飲みかけた味噌汁にむせている。

「げほげほっ……。あのねえ、どうしてあなたはそうなんですか。普通そういう時はキャッ、寝坊しちゃいましたー。私も行きたかったなあでいいんじゃないんですかね」

「フハッ。もぉやめろよ。誰のまねだよそれ」

寝坊しちゃいましたーのくだりで今度は虎之介が噴きだし、孝に抗議している。

「はあ……。キャッ寝坊しちゃいました」

「いや、だからそのまんまのリピートやめてもらえます？　しかも何それ、テンション低っ。ああ、ちょっと。別に責めてるわけじゃないんで。山田さんあなたね、そういう目に見えて落ちこむ感じ、やめてもらえませんかね」

「いや、別に落ちこんでるわけでは」

ははは、と澄香は力なく笑う。

それにしても、と虎之介が首を傾げた。

「何か変だったよな。それこそ戦闘じゃないけどさ、なんか敵意なかった？　街の皆さんのまなざしがさ」

「敵意？」

思わず聞き返すと、澄香以外の三人が顔を見合わせる。

「あと、なんか怯えられてる系？」

「怯えられるって……」

それはただごとではない。虎之介らしい大袈裟《おおげさ》な物言いなのかと思ったが、仁も孝も何か思い当たることでもあるのか、微妙な表情を見せている。

確かに虎之介は外国人のような見た目だが、その顔はひたすらかわいらしい。

外国人に不慣れなのかと思ったが、この近辺には他のホテルや旅館、別荘も多く、外国人観光客の姿も珍しくはないのだ。決して閉鎖的な土地柄ではなかった。

それが本当だとすると、いったいどういうことなのか。

何となく気まずい空気が流れている。

澄香は無言で味噌汁の椀を手に取った。

「はああ、おいしい」

思わず声を上げてしまった。目の前の霧が一瞬にして晴れたような気分だ。

いりこだしに合わせ味噌。

具は豆腐とホウレンソウだった。

さいの目に切られた豆腐は大豆の味が濃く、甘みを感じる。

茎のあたりにしゃきしゃきとした歯ごたえを残すホウレンソウは香りが強く、葉の部分は驚くほどやわらかい。

やけどしそうに熱い汁をふーふーさまして啜《すす》ると、いりこのだしがふわりと香り、続いてホウレンソウのうまみが口いっぱい拡がる。

ごはんを一口ほおばれば、甘く、もっちりした食感に、おこげの香ばしさがたまらない。

これまた熱く、口の中でほふほふと転がす。

「このアジ、うまっ」

すっかり気分を直したらしい虎之介が信じられないといった顔で言う。

え、マジか。どれどれ、と皆が一斉に自分の前に置かれた干物に箸を伸ばす。

「ちょ、醤油なんかいらねえって。騙されたと思ってそのまま食ってみ。うっま」

え、そうなんだと醤油はかけず、きつね色に焼けた干物の表面に箸を割り入れると、ほろりと身が離れた。

肉厚のアジだ。

大きなひとかたまりを口に入れると、中はしっとりと焼き上がっている。

塩加減も絶妙で、とんでもないうまみを抱いていた。

「本当だ。うまいな」

孝もうなずいている。

卵焼きはいつもの仁の味つけ。澄香の大好きなだし巻き卵だった。

京風のだしが香る上品な卵焼きだ。

薄く焼いた卵を幾重にも巻き上げ、巻きすで整えてあるのだ。

美しく巻かれた卵焼きを一切れ箸でつまむと、ふるふると揺れる。

口の中でじゅわっとだしが溶けだすようなやわらかい卵焼きだ。

「野沢菜か、初めて食べるな……」

孝がきれいな箸使いで漬け物を口に運んでいる。

典子が漬けたという自家製の野沢菜漬けには昆布《こんぶ》のだしがきいていて、しゃきしゃきした食感がくせになりそうだった。

合間にごはんを口に運ぶ。

「これは絶対に白米だよなあ。はあ、これぞ日本のあさごはん」

虎之介が言う。

「そうだな」

仁がほほえむ。

うわっ、と澄香はビームでもくらったように目を押さえた。

なんだなんだ、そのやさしい笑顔は――。

まともに正面から見てしまい、クリティカルヒットをくらった気分だ。

「ん？　山田さんどうかしました？」

孝に訊かれ、いやいやと首をふる。

「目にゴミが入りまして」

「あ、そうですか。それはお困りですね」

孝はそう言い、目をこすっている澄香をつんと無視して卵焼きを食べている。

明日、この旅館には四人のきょうだいが集まることになっている。

仁はこれから典子とメニューや使用する食材について打ち合わせする予定だ。

彼らきょうだいがどんな選択をするのかは分からない。

典子の思惑通りにことが運び、この旅館はふたたび宿泊客を迎えるのか。

あるいは長男の意向が通り、売却されるのか——。

鍵を握るのは料理だということなのだろう。

典子は勝算があるような口ぶりだったが、果たしてどうなるのだろうと思った。

仁が先代から受け継いだという料理がどんなものなのか、澄香は聞いていない。

澄香はもう助手として完全な仕事はできなくなっている。こんな状態で、仁の助手を名乗るのもおこがましい気がする。

そう思うと厚かましい気がして、訊けなかったのだ。

『出張料亭・おりおり堂』で泊まりがけの仕事にきたのは実はこれが初めてだ。

これまではたとえ遅くなっても必ず『骨董・おりおり堂』に戻っていたからだ。

多分、これが最初で最後なんだろうなと澄香は考えていた。

これから先、『骨董・おりおり堂』をこんな風に長い時間、離れることはできないだろう。

だって、私は『骨董・おりおり堂』の運営を桜子から任されているのだ——。

澄香は東京に戻ったら、本格的に物件探しを始めるつもりだ。

梅雨の肌寒い夕方、広いアトリエのある家に一人住む吾妻美冬に、澄香はさびしくはないかと訊ねた。

「もう慣れました」

そう言った彼女のしなやかな強さを見習いたいと思う。

もちろん、あんなに広い家は無理だけど、自分らしく暮らせる家を探すのだ。

すぐそこに錦秋《きんしゅう》の山が見える。

紅葉には少し遅く、ひざしは日に日に弱まっている季節だ。

それでも今、この窓からは眩《まばゆ》いばかりの朝の光がさしこんでくる。

土鍋のごはん、アジの干物、豆腐とホウレンソウのお味噌汁、だし巻き卵に野沢菜漬け。

どこにでもあるようなメニューばかりなのに、どれも心にしみるおいしさだった。

おいしくて楽しくて、あたたかい食卓。

きっとこんな機会はもう二度とない。

澄香はこの幸せな食卓と、仁の姿を自分の目に焼きつけようとしていた。


朝食の後、まどかを連れてやってきた典子と仁が打ち合わせを始めている。

「このお姉さんはライオンの奥さんなの」

まどかはカラフルな布で手作りされた人形を一つ澄香に渡すと、説明を始めた。

水玉やストライプの服、髪は太い毛糸に目はボタンといった個性的な布人形が何体か小さな買い物カゴに入っている。

澄香は庭に敷いたレジャーシートの上でまどかのお人形遊びの相手を務めていた。

と、道路の方で車が停まる音がして、どやどやと人が近づいてくる気配がある。

なんだろうと思っていると、大きな庭木の陰から顔を出したのは作業服を着た年嵩の男、旅館のはっぴを着た眼鏡の中年男、さらには制服の警官二人だった。

「失礼。ここに連続窃盗の疑いのある男がいるとの情報がありまして」

警官の言葉に、は？　となる。

「あんたも盗賊《とうぞく》の一味なのか」

はっぴ姿の男の言葉に澄香は絶句して、思わずまどかと顔を見合わせてしまった。

「一体、どういうことなんです。何の言いがかりですかこれは。ことと次第によっては法的措置を取らせていただきますよ」

孝の鋭い語調に作業服姿の老人が慌てている。

外では何ですからとの典子の言葉に、フロント前のソファに移動し仁たちも交えて話をしているところだ。

「いや、でもあんたさ。そんなこと言うけど、あいつが犯人なのは間違いないんだから」

そう言って老人が指さした先にいるのは仁だった。

「バカなことを。なんで仁が犯人なんだよ。軽はずみなことを言うと後悔《こうかい》することになりますが。あなた方、当然その覚悟はおありなんですね」

憤る孝を押しとどめたのは仁だった。

「孝、やめろ。どういうことなんです？　詳しく聞かせていだけますか？」

仁の態度に老人とはっぴの男は仁の顔を何度も見直し、首を傾げた。

「いや、この人だと思うんだけどなあ」

「だよなあ。こんなに似た男がそうそういるわきゃないよな」

彼らの話を総合するとこういうことだ。

最近、この辺りに「出張料理人」を名乗る男が出没しているのだそうだ。

その男が仁にそっくりなのだという。

「出張料理人？」

孝が信じられないといった顔をする。

よりによってそれとは。まさしく仁のことではないかと澄香も思った。

「へえ。出張料理人って何するの？」

こてんと首を傾げる虎之介の質問に老人たちはとまどっている。

何でもその出張料理人は、界隈の家々を回って料理を作っているのだそうだ。

「それでどうして、私たちが盗賊の一味になるんですか？」

思わず訊くと、老人たちは気まずそうな顔をした。

彼らが言うに、その男は出張で出かけた先の家々を下見していて、のちに盗みに入るのだそうだ。

独創的な料理と明るい態度で大人気を博したのもつかの間、窃盗被害の報告があがるようになり、そういえばと、その男が出張で訪れた際に家の中で怪しげな行動をするのを見たという人がぞろぞろ出てきたのだという。

「それじゃそいつが犯人であるという証拠にさえなりませんよ。まったく話にならないな。第一、仁はずっと東京にいたんだ。アリバイを確認するまでもない」

孝はそう言ったが、念のためにと事件の起こった日を付き合わせてみる。確かにほとんど澄香か虎之介が一緒にいた日ばかりだ。

「じゃあ別人なのかな」

「それにしてもよく似てるなあ」

半信半疑といった様子ながら、孝の鉄壁の舌鋒《ぜっぽう》の前にはなすすべもなく、彼らは「お騒がせしてすみませんでした」と頭を下げて帰っていった。

典子が恐縮したように大きな身体を小さくして言う。

「ごめんなさいね。お耳に入れておこうかどうか迷ったんですけど、まさかあんな風に乗り込んでこられるとは思わなくて」

回覧板と防犯メールで注意喚起を呼びかける文書が回っているらしく、手配書ならぬ添えられた写真があるらしい。

典子も仁を見て、似ているのではないかと思っていたそうだ。

「そんなに似てんの？」

虎之介の問いに典子は首を傾げた。

「どうでしょうか。似ているといえば似ているのかも知れませんけど」

写真が不鮮明なのと、正面からの顔が写っていないため、よくは分からないとのことだった。

「でも、さっき来られた町会長さんと幸在館《こうざいかん》の番頭さんは本人に会っているそうです」

その二人がそっくりだと言っているわけか、と孝は深刻そうな顔で腕組みをしている。

「それはもういい。典子さん。打ち合わせの続きをしましょう」

仁の言葉に典子が、うふっと笑いを漏らした。

え？　と思って彼女を見ると、手をふりながらごめんなさいとまた笑った。

「その犯人なんですけど、会った女の人がみんなぽうっとなってるみたいなの」

「ん、どういうことです？」

心底意味が分からないと言いたげな孝に典子はますますおかしそうだ。

「その泥棒が盗んだのは恋心だなんて言う人までいるんですよ」

何でもその男は呼吸するように愛の言葉を垂れ流す伊達男《だておとこ》なのだそうだ。

「ええっ。仁の顔でそれをやってんの？　見てみてぇ」

きゃっきゃと喜ぶ虎之介に孝は苦虫を噛み潰したような顔をした。

「はあ？　お前ふざけんなよ。喜んでる場合か。冗談じゃないぞ。ますます看過《かんか》できない。ったく、なんてことだ」

孝はスマホを取り出すと、どこかに電話をかけ始めている。

「あ、須藤か。至急調べて欲しいことがある。いや、違う。橘仁の出生時の記録だ。ヤツが双子《ふたご》だった可能性が万に一つでもあるか？　いや、君の記憶を疑うわけじゃないが、一度徹底的に調べ直してくれ」

なるほど、生き別れの双子という可能性もないわけではないかと澄香は感心している。

仁は相変わらず無表情のまま、典子と打ち合わせを始めてしまった。

それにしても、一体、その男は誰なのか。

どうも仁を揶揄している風があるのだ。

何しろ、その出張料理人の屋号が「出張料亭・こりこり堂」というのだから、ふざけた話である。こうなるともう、わざとだとしか思えなかった。

典子が届けてくれたお弁当の昼食を終えると、澄香は虎之介と散歩に出かけた。

秋の深まる渓流を散策してみたかったからだ。

「まあ、そんな怪しい男がうろついてんなら、スミちゃん一人を行かせるわけにはいかないよな。この俺様がボディガードしてやるよ」とか言いながら虎之介がついてきたのだ。

ガードレールのある車道から、人が一人やっと通れる程度の獣道《けものみち》を辿って川原に降りる。

ごろごろと大きな岩が転がる川原を歩いて、上流へと向かった。

見上げると、頭上の山は紅葉で赤く染まり、風が吹くたび、はらはらと落ち葉が舞い下りてくる。

白いレースのような飛沫が上がっているのを間近で見るのはなかなかに迫力があった。

上から見ていた時には、川全体が勢いよく流れているように思えたが、どうしてどうして川岸に近いところや張り出した木の枝の下など、流れがゆるいところがある。

覗き込むと、水はどこまでも澄んでいて小魚の影が泳ぐ川底まで見通せた。

そこをゆらゆらと赤や黄色の木の葉が漂いながら流れていくのだ。

「うわ、きれいだなあ」

虎之介の無邪気な声に澄香は黙ってうなずいた。

こんな時、澄香は言葉を失ってしまう。あまりにも美しすぎる。

スマホを取り出して写真に撮ろうかと考えてやめた。

この光景を語る言葉を自分は持たない。

写真に収めたからといって、誰に何を伝えることができるだろうか。

川幅が広くなっているところで虎之介が水切りを始めた。

「よっ、と……。ああ、失敗。よしっ、これでどうだ」

虎之介が投げた石はてんてんと水面を走るように進んでいく。

「あ、すごいねえ。どれどれ」と自分もやってみたが、ぼちゃんと石が水没しただけだ。

虎之介にこつを教わってしばらく一緒に遊んでいた澄香は、かすかに聞こえてくる音に気付いて耳を澄ませた。

何とも不思議な音だ。水を満たしたグラスをマドラーで叩いたようでもあり、張り詰めた糸をビーンと弾《はじ》いた音のようでもある。

どうどうと流れる川音に混じって、不思議な響きを持つ音色が聞こえてくるのだ。

雨音みたいだと澄香は思った。

ぽろんぽろんと落ちる雨粒みたいな音はよく聞くと優しいメロディを奏でている。

どこか懐かしい音だ。

どこから聞こえるのだろう?

澄香はさらに上流に向かって川を歩く。

しばらくいくと、中州《なかす》のような場所に出た。

砂が溜《た》まって流れがゆるやかになっているのだ。

あっと思わず身をすくませる。

そこに男がいた。

岩に腰かけ、手にした小さな楽器を指先で弾いているのだ。

楽器といっても片手で持てる大きさの木の板に細長い金属を何本か並べただけのものだ。長さの違う金属棒を弾くことで異なる音が出る仕組みらしい。

「親指ピアノという楽器なんですよ。珍しいでしょう？」

そう言って顔を上げた人物を見て、澄香は目を見開いた。

まばゆいばかりの笑顔を浮かべているその顔はとても見慣れたものだったからだ。

「仁さん……？」

いや、そんなはずはない。

仁は典子と打ち合わせの最中だ。先回りしてこんなところに来るはずもなかった。

思わず後ずさりする。澄香の足もとでぱきりと音がした。枯れた枝を踏んだのだ。

その瞬間、ちちっと甲高い鳥の声がして、次いでばさばさと舞う羽の音が聞こえた。

見上げると、紅葉のアーチ越しに広がる青空。太陽に目を射られた瞬間、鳥影が横切る。

「おお、なんたることだ。夕食のチキンが逃げてしまったぞ。思いがけない美女の登場に驚いたかな。それともみすぼらしいおのれの姿を恥じて飛び立ってしまったか」

普段あまり耳にしない単語の羅列に、すんなり意味が入ってこない。

みすぼらしいとは私のことか？　と思ったが、とろけるような笑みを浮かべた彼がじっと視線を送る先にいるのは澄香だけだ。

「さて、美しくも愛おしいいたずら子猫ちゃん。あなたをどうしよう。ねえ、あなたは僕の夕食を逃したことについて一体どう責任を取るつもりだい？」

仁とよく似た声が言う。

声質は確かに似ているのだが、仁が死んでも言わないような甘ったるい調子だ。何を逃したって？　夕食？　さっきの鳥か？　いやいやそもそも私は一体、何を責められているのか……。澄香の頭の中はクエスチョンマークで一杯だった。

「えーと、あの、ちょっとお聞きしたいのですが、あなた、どなたです？」

澄香の問いに仁そっくりの男はふふっと笑い大袈裟に肩をすくめて見せた。

「おやおや。美しい人、あなたは本当にそれを知りたいのかい？」

「え。ええ、まあ……」

仁を騙《かた》る不届き者を見つけたのだ。このまま見過ごすわけにはいかなかった。

男はすっと立ち上がる。

澄香は目の前に立ちはだかる男の顔を思わず見上げた。

彼の身長は仁と同じか、少し高いぐらいかも知れない。

「では、ついて来てもらおうか」

嬉しげな声でそう言って、仁によく似た男は澄香の手を取る。

えっ？　と思った次の瞬間にはぐいぐいと強い力で引っ張られていた。

え、ちょっと待って、これまずいんじゃ——。虎之介を呼ばないと、と思った時にはもう遅かった。

足場の悪い川辺だ。

足を滑らせかけた澄香は男の手のひらで口を塞《ふさ》がれ、抱えられるようにして連れ去られていったのである。

この作品は書き下ろしです。
またこの物語はフィクションです。
実在する人物、団体等とは一切関係ありません。

本文イラスト：八つ森佳
本文デザイン：bookwall

中公文庫

出張料亭《しゅっちょうりょうてい》おりおり堂《どう》
――ほこほこ芋煮《いもに》と秋空《あきぞら》のすれ違《ちが》い

2020年4月25日　初版発行

著　者　安《やす》田《だ》 依《い》央《お》

発行者　松田 陽三

発行所　中央公論新社
〒100-8152　東京都千代田区大手町1-7-1
電話　販売 03-5299-1730　編集 03-5299-1890
URL http://www.chuko.co.jp/

ＤＴＰ　平面惑星
印　刷　三晃印刷
製　本　小泉製本

Published by CHUOKORON-SHINSHA, INC.
Printed in Japan　ISBN978-4-12-206874-2 C1193

出張料亭
おりおり堂
安田依央
イラスト／八つ森佳
『味見するか？』
STORY
偶然出会った出張料理人・仁さんの才能と見た目に魅了された山田澄香、三十二歳。思い切って派遣を辞め、助手として働きだすが——。恋愛できない女子と寡黙なイケメン料理人、二人三脚のゆくえとは？
シリーズ既刊
ふっくらアラ煮と婚活ゾンビ
ほろにが鮎と恋の刺客
コトコトおでんといばら姫
夏の終わりのいなりずし
月下美人とホイコーロー
ほこほこ芋煮と秋空のすれ違い
中公文庫

洋菓子店アルセーヌ

ケーキ作りは宝石泥棒から

ケーキ×イケメン×怪盗

三度美味しい新感覚お仕事（?）小説

九条菜月

Natsuki Kujo

恋人の浮気発覚でボロボロの陽咲は、傷を癒してくれたケーキの美味しさに感動し洋菓子店「アルセーヌ」で働くことに。だがこの店には怪しい裏稼業が？

お前、好きだろ？ 俺が

のケーキ

中公文庫

イラスト／Minoru

よすが横丁修理店

迷子の持ち主、お探しします

及川早月

単なる可愛い物語？　全然違います!!

あらすじ

人に大切にされた道具には心が宿り、
人との縁が切れると道具は迷子になる――。

ぼくは、古道具修理店「ゆかりや」で店長代理のエンさん（ちょっと意地悪）と一緒に、人と道具の「縁」を結んだり断ち切ったりしている。でもある日、横丁で不思議な事件が続いたと思ったら、ぼくの体にも異変が起こり始め――？

イラスト／ゆうこ

中公文庫